遺落在雪中的告白

倪小恩 著

遺落在雪中的告白

01

窗外下起了雪。

白色建築中某間冰冷的房間內，一位有著冷峻面孔的年輕男子正坐在落地窗前，他目光冷淡地凝視窗外飄落的雪，整個人動作靜止，給人一種強大的疏離感，若不經意瞥過，這冰冷的唯美還以為是座毫無生氣的藝術雕像。

在他剛甦醒的時候，他的記憶就像是一張無瑕的白紙，不管怎麼挖掘、怎麼努力地想，得到的就只有如同灰燼的空白世界。

而經過一些日子後，開始有些片段記憶一一進入了他腦中，使原先空白的白紙上有了些影像，但那些記憶就有如那些凌亂紛飛的雪，雜亂、毫無方向，有很多他不明白的記憶碎片，這些記憶有時停留在腦中的時間很久，但有時又飛快消逝。

自從他甦醒，他就知道自己身在醫院裡接受治療，病床旁邊有著他看不懂的儀器，定時會有著身穿白袍的醫護人員出現替他做身體檢查，而當中最常出現的是一位叫蘿熙的女子。

房門這時候被敲了響，他收回思緒，緩緩將目光從窗外移到門前，一名有著褐髮褐眼的女子漫步走了進來，身上的一身白袍襯托著她的高挑身材與纖細四肢，她是一名美麗又有氣質的女子，長髮波浪，五官深邃，說話的聲音很溫柔，她就是蘿熙。

記得在他甦醒後第一次見到蘿熙的時候，她笑著對他自介說自己是他的專屬醫師。

「奕陽。」蘿熙在進門的時候，給他一個淺笑。

李奕陽，是他的名字。

雖然在他甦醒的時候記憶全然空白，但他卻不自覺地從嘴裡吐出這個名字，而他自己也不知道為什麼會吐出這個字出來，朦朧的記憶中，似乎有人喚他這個名字。

對他來說，他過往的人生神秘到看不清，雖然有時候會有一些記憶片段襲來，但他並不明白那些畫面的意思，他想摸索，卻無從摸索。

如今，李奕陽已經甦醒一個多月的時間，雖然有定期在做復健，可人依舊坐在輪椅上，而雙臂雖然可以動，卻不怎麼靈活，任何行為都需要有人輔助。

「你在看雪嗎？」蘿熙問。

他點頭，臉上沒有什麼表情，「嗯。」

蘿熙站在他的身旁，目光盯著窗外，兩人有幾分鐘的時間是沉默的，各自沉浸在自己的思緒中。

又過了幾分鐘的時間，蘿熙打破了沉默，「不覺得很神奇嗎？雪明明不斷在飄落，但這樣的場景卻讓人覺得時間好像靜止了一樣，多麼希望眼前這場雪永遠不要下完，感覺好像下完後，就要離別似的。」

李奕陽微微蹙眉，這時候腦中有幾個畫面快速閃過，其中有個畫面是他躺在地上看著紛飛的雪一一落在他身上。

他閉起眼睛，又睜開眼睛，舉起手摸向太陽穴，爾後看向自己的掌心，他失了神。

他似乎曾經緊抓著一隻白晰的手過。

約莫過了幾秒鐘，他與蘿熙兩人對上了眼。

蘿熙淡淡的微笑，她看著他的眼睛，「你在想什麼呢？」

李奕陽望著自己的手，語氣有些不確定，緩緩開口：「我好像曾經牽著一位女孩的手……」

「然後呢？」蘿熙的聲音有著鼓勵。

因為接受到鼓勵，他繼續往下說，「我很確定是一位女孩，可是我想不起她的長相……想不起她的名字……」說到這，他的手摸向自己的太陽穴，蹙眉。

「那你能想起你對那位女孩的感覺嗎？」蘿熙問。

「我不確定……但我好像很喜歡她的樣子，在她高興的時候，我會跟著她一起高興，在她悲傷的時候，我會想看到她的笑容。那些畫面雖然淩亂，可是感覺卻莫名強烈，我總覺得那女孩對我來說很重要。」李奕陽邊說邊撫摸胸口，他覺得胸口因為那些破碎回憶而微微抽疼著，那些強烈的感覺就好像烙印在他的心上一樣。

說完這些話，他轉頭看向蘿熙，「妳知道她是誰，對不對？」

蘿熙凝視著他不語，臉上表情淡然，卻輕抿著唇。

因為蘿熙沉默，李奕陽有些心急，又再度追問，「為什麼不回答我？妳知道她是誰，對不對？那個人是妳嗎？」

他心裡對這個答案有些期待，那女孩會是蘿熙嗎？

此時，蘿熙的目光移了開，她伸手摸向落地窗，因為冷熱溫差的關係，當她手離開落地窗的時候，玻璃窗上有著她淺淺的掌印。

「你要記住一件事情，任何有關於你記憶的答案，得要由你自己想起來才是真的。」蘿熙開口對他說。

「可是，我想不起來。」

「會的，你會想起來的。」

「妳就不能直接給我答案嗎？」

「那你就不怕我給的答案是假的嗎？」蘿熙反問，她白皙的手伸向他的肩膀處，輕拍了拍。

李奕陽感到無助。

是因為他經常看見蘿熙的關係嗎？為什麼每當有關於女孩的記憶閃進他腦中的時候，他會不自覺地與蘿熙那纖細的身影交疊在一起呢？

「我可以恢復所有的記憶嗎？」他問。

「會的，一定會。」蘿熙說，臉上雖然有著淡淡的笑容，但這笑容卻帶了點疏離與冷意。

接著，她從懷中拿出一本暗紅色的筆記本，低啞的說：「我這邊有一本手寫日記本。」

「日記本？」李奕陽挑眉，表情有著疑惑。

她說：「雖然說是日記，但上面沒有日期，反而比較像是隨手寫的心情故事，是你記憶中那位女孩所寫的。」

蘿熙的話讓他感到吃驚，他微微瞪大眼睛。

蘿熙接著說：「裡面有提到關於你的事情，也許可以幫助你恢復記憶，你會想看嗎？」

「我當然想看。」

他用力點頭，情緒有些激動，手臂反射性地想要伸手搶來那本日記，而蘿熙就這樣任由他搶走日記，然而李奕陽的手指還不怎麼靈活，他無法順利地翻開第一頁，試了幾次後，整本日記直接飛落到地上，發出沉悶的聲音，宛如是人的嘆息聲。

蘿熙彎身靜靜地撿起日記本放置在他的懷中，平靜地說：「你不用著急，日記會一直放在你這兒，直到你想還再還給我。當你的手指可以靈活的運動，你就可以自己打開來看。」

由於李奕陽對於復健之路一直都很散漫，散漫的原因是在於那些凌亂不已的記憶，他搞不清楚自己是何人，更搞不清楚自己為什麼會在這裡，無依無靠的他是如此無助，因此蘿熙不得已拿出那本珍藏已久的日記。

或許，那本日記可以成為他的動力來源吧。

而果真如蘿熙所想的，李奕陽為了能夠閱讀那本日記本，專心投入於復健之路上。

即使失敗跌倒了，不再氣餒，堅定的眼神訴說著他絕不放棄，他可以再努力一次，可以再試一次，可以再拚一次。

就這樣，隨著日子一天一天的過去，他手指靈活度增加，終於可以翻開那本日記本閱讀了。

緩緩打開日記本的封面，上面是清秀整齊的字跡，似乎可以從字裡行間知道這女孩是個怎樣的人。

李奕陽輕輕地將手放置在日記頁面上，輕輕地撫摸上頭的字，每一個字書寫的力道都很用力似的，他小心翼翼地觸摸著，就像是在觸摸易碎的物品一樣。

那些混亂記憶中的女孩面容，他依舊想不起來，是否閱讀了日記後，就能想起那失去的一切呢？

02

沒想到許久不見的李奕陽變好看了，記得小時候第一次見到他的時候，他弱不禁風的像隻瘦皮猴一樣，果然男生都需要長大呀。

只是他人也太安靜了吧？

不管我講什麼話，他都不怎麼理我，讓我一度懷疑他是不是耳朵聽不見，當我正想用見到弱勢族群時會有的同情心看他的時候，他竟然給我個冷笑，彷彿嘲笑我的無知。

害我突然好想打他，但我忍了下來。

他是爸爸安排在我身邊說要保護我的人，裝作是班上的同班同學混入學校，連座位也被安排在我旁邊。

我雖然愛搗亂，但不至於這麼弱吧？還需要有人保護？拜託！我跆拳道黑帶欸！誰敢惹我？

學校上次威脅我的學姊都直接被我飛踢了，好笑的是被我飛踢後，那位學姊事後竟然還想找人來圍毆我，偏偏她找來的是男生，那群男生們異口同聲的說不打女人，最後學姊只好悻悻然地離開。

喔對了，李奕陽這名字可是我取的呢。

記得在小時候的某一天，爸爸突然把他帶回家，然後要我替他取個名字。當時也不知道為什麼，我就替他取了這個名字了，仔細想想挺適合他的。

不過，爸爸怎麼會把這麼帥的男生安排在我身邊？

他是挑女婿還是挑保鑣給我？他都不擔心我會跟別的男生跑嗎？哈哈。

一開始，這些宛如國高中女生的敘述文字讓李奕陽有些不習慣，讀了幾句後，他才得以順順地閱讀下去。

抿了唇，腦中浮現出一位穿著制服的女孩，渾身散發著青春氣息，身上的活力好像用不盡的樣子，雖然面容模糊，可是他清楚知道這位女孩臉上無時無刻都掛著燦爛的笑容。

原來他的名字是這女孩給的，他好像想起了那段記憶。

可是他卻無法想起女孩的名字，那時候的他是怎麼喚她的？又是用怎樣的口吻呢？

他想不起女孩的名字，但不知道為什麼，腦中卻想到了轟熙這個人。

李奕陽是怎樣？是水泥做的嗎？不然怎麼都沒有表情？

叫他，他是會回應，可是怎麼就都不笑？笑一個是會死啊？搞得好像我欠他好幾百萬一樣。

爸爸簡直派了一塊移動式消波塊在我身邊，雖然他的長相是我喜歡的型，可是這個性好難相處下去啊！

長相一百分，個性直接XX，零分！

噢對，這是李奕陽的新綽號，我以後要叫他消波塊，李奕陽就是消波塊，消波塊就是李奕陽，哈哈哈。

我真是佩服我自己可以替他想到這個綽號，其他哥哥們聽到我這樣叫他，都忍不住笑了出來。

消波塊是很盡責，把爸爸的話當作是使命必達的命令，無時無刻在我身邊陪我上下課，就連我只是去女廁而已，他也跟上來，我跟他說我只是去廁所，不用他跟，況且學校很安全，理論上不會發生什麼事情，加上我個性這麼兇根本就沒有人敢惹我，他竟然機械般的回說：老爺要我無時無刻都在妳身邊。

結果好死不死的剛好周圍有班上同學，被誤以為我們在交往囧。

雖然我心中幻想無數次說以後的男朋友會是他那樣的長相，可是他的冰塊性格實在讓我無法招架，我真的不知道怎麼跟他好好的相處，能不能饒了我啊？

又很剛好那名班上的同學嘴巴很大，結果才一節課的時間而已，班上的人都以為我們在交往，就算我怎麼否認也沒有人相信，我真的是無言。

是說為什麼消波塊他不否認交往這件事情？

……不會吧？難不成他喜歡我嗎？

＊＊＊

我今天才知道原來消波塊大我兩歲，所以他不是跟我同年呀！

爸爸果然人脈廣大，靠關係靠成這樣，他一定偷偷塞錢給校長，竟然成功的把大我兩歲的消波塊弄成是我的同學，表面上是同學，實際上是保鑣。

我今天莫名其妙地被班導師叫去辦公室了，導師說她不反對學生談戀愛，因為就算制止還是會有學生偷偷戀愛，不如就支持，但千萬別疏忽了課業，我聽了很無言，因為已經不知道解釋好幾百遍了，我跟消波塊沒有在交往啊啊啊！

為什麼大家都把我的否認解釋成我在害羞呢？我害羞個屁啊！是說到底為什麼消波塊不否認？可別說他真的喜歡我！他對我的冷漠態度我可不相信他喜歡著我哦！

如果喜歡對方，應該是會臉紅心跳，然後眼神不敢看對方呀！開玩笑，我也是美女一枚，在班上也算是一枚班花，前前後後有多少位男生跟我告白過，他們每個人的反應都是如此，所以我才不相信消波塊他會喜歡我呢！

＊＊＊

唉，我已經懶得解釋我跟消波塊到底有沒有在交往了。

都已經說沒有！就是沒有啊啊啊！

今天爸爸問我有沒有跟消波塊交往，對，不知道為什麼學校的謠言傳到爸爸的耳朵裡，讓我懷疑他在學校安排的眼線不只消波塊一個人，應該還有其他人，只是我不知道是誰。

我很老實地跟爸爸說沒有，結果引來懷疑，不是啊！你問我不就是要跟我確認，我都講實話了，你卻不相信，那你問屁啊？

……好啦，我當然不敢這樣跟爸爸說話，只是心裡有這樣的OS。

可是今天消波塊開口否認了，這人真奇怪，任憑班上的謠言怎麼傳他就是不否認，而爸爸問他就否認，他是不是真的很怕死？怕我爸剁了他的皮丟進海中成了真正的消坡塊？

他的意思是：被其他人誤會沒關係，至少班上同學想動我之前會先經過他那一關。

原來他想得很遠，我根本就沒有想這麼多。

不過，他都不怕擋到我的桃花嗎？我也想談戀愛啊！

看到這裡，李奕陽將日記闔上。

他緩緩閉上眼睛，因為閱讀日記本而覺得眼睛酸澀，只要一閉上眼，映入他腦中的是那位穿著制服的女孩身影，揮舞著身上的熱情，只是這女孩的輪廓依舊是模糊。

不知道那位女孩人現在在何處。

是不是跟他一樣，也在思念著他呢？

03

過幾天，蘿熙再度出現在他的病房內。

她看著他，柔聲的問：「你開始閱讀日記了吧？有沒有因為日記內容而想起什麼事情？」

李奕陽點了點頭，用期盼的眼神凝視著蘿熙，說：「這女孩給人的感覺挺可愛的，我好想知道她長什麼樣子，妳有這女孩的照片嗎？」

蘿熙抿著唇搖頭，語氣透露著可惜，「很可惜，我沒有她的照片。」

「……妳騙人。」李奕陽一臉不相信，眼神同時變得有些犀利，「我想妳應該認識這女孩，否則她的日記不可能會落在妳手中，對吧？」

蘿熙盯著他，突然沉默。

「妳不可能沒有她的照片，妳只是因為某種原因而不讓我看到，對吧？」李奕陽繼續說出自己的推論，而他的這些猜測不禁讓蘿熙嘴角淺淺勾起。

「……為什麼要笑？」他覺得納悶。

「沒什麼，我彷彿看到不一樣的你，在閱讀日記以前，你總是徬徨的模樣，但在閱讀日記之後，我發現你的觀察能力很好，腦袋的反應也很快，按照這樣下去，你應該能夠很快就站起身行走。」

「只要我會走，這樣妳就會給我看照片了嗎？」李奕陽不死心，一心一意想要知道那女孩的長相。

「我說過所有的一切要靠你自己想起，這女孩的長相肯定藏在你的記憶深處，就算我現在給了你那女孩的照片，你就這麼相信我不會為了要忽悠你而亂找張照片給你嗎？你不需要著急，總有一天你一定會想起她的長相。」

李奕陽聽了妥協了，蘿熙說得沒有錯，所有的一切過去都要靠他自己想起，而能夠讓他想起記憶的媒介就是那本日記本。

最後，他點頭。

他清楚知道他所問的問題蘿熙都不會正面給予答案，答案必須由他自己找尋。

「那妳是會忽悠我的人嗎？」李奕陽又問。

蘿熙笑了笑，反問：「你覺得我是敵還是友？」

她的話令李奕陽無言以對，為什麼她總是將所有他提出的問題丟還給他？

見到他的表情，蘿熙說：「你覺得騙子要騙你，會承認自己是騙子嗎？與其從我這邊得到關於你的記憶，不覺得靠自己想起一切可信度會比較高嗎？否則我怎麼會給你日記本？」

其實，在他甦醒沒有多久，他曾經問過蘿熙一些問題，那就是為什麼他會躺在這裡？為什麼會失去一切的記憶？在他身上，究竟發生了什麼事？

然而，蘿熙只是淡淡回覆說他出了一場意外，關於這場意外的任何細節她並沒有鉅細靡遺的提到，他當然有試著想追問下去，但蘿熙給的答覆永遠都是他得要自己想起。

他得要自己想起。

她那淡然的態度讓李奕陽深感無奈，就好像不是她的事情一樣，的確，那確實並不是她的事，也或許，醫生與病人之間都必須要有著一定的距離，所以蘿熙對他的態度才會是那樣。

能夠經常來觀望他跟了解他的恢復進度，真的是專屬醫師才會做的事情。

只是他很好奇，如果不是專屬醫師，蘿熙對他的態度也會像現在這樣嗎？

「聽復健師說你的腳趾可以動了？這是好的開始，說不定過不了多久，你就可以站起來了也說不定。」

李奕陽點了頭，如果能夠站起來，他第一件想做的事情就是踏出醫院，去外面的世界看看，並且去找那位女孩。

但是在此之前，他得要找回那些失去的記憶。

今天消波塊保護了我。

放學的時候，有個醉漢在那邊嗆聲路人，還扯路人的頭髮，我實在看不下去，直接上前揍了他一拳，並警告他。

本來以為他倒地，結果他趁著我轉身的時候，拿起一旁的空酒瓶作勢要往我的身上砸過來。

消波塊伸手擋住了酒瓶，瓶身直接碎裂，而消波塊的手瞬間噴血。

我因為被嚇到而不停的哭，不停的尖叫，那位醉漢也被那場景嚇到趕緊開溜。

最後是好心的路人打電話叫救護車來，送醫院急診後，消波塊的手肘縫了十幾針，當晚就可以離開醫院了。

爸爸好過分，知情後打了消波塊一個巴掌，他明明就保護了我，為什麼要打他？

爸爸說他本來就應該要阻止我去打那位醉漢，我氣不過，站出來解釋那位醉漢打路人，是我看不下去才出手的，但爸爸卻說那根本就不關我的事情，我不需要管。

這社會是溫暖的，為什麼爸爸這麼冷漠？我知道他是黑社會老大，但我們也是人啊！我們就不能幫助需要幫助的人嗎？我們就只要冷眼旁觀著那一切悲劇嗎？

我才不要成為冷漠的人，我就是要見義勇為！

看到這裡，李奕陽將日記放在一旁，他的目光下意識地望向自己的手臂，下一秒捲起袖子再度凝望。

原先他以為會在上頭看到凹凸不平的疤痕，卻看到無暇的肌膚，雙臂都仔細的檢查過，完全沒有受過傷的痕跡。

他閉上眼，想起自己伸手擋住酒瓶的那一瞬間，碎玻璃直接刺進他的肌膚，他流了很多血，然而，更令他深刻的是女孩的哭聲。

當時女孩的眼淚沒有停過，直到他人被送到醫院急診處，她還是哭個不停。

他記得她的哭聲有些煩人，然而他同時也感到心中有一股暖意悄悄流過，這股暖意是種被在乎、被人放在心裡的感覺。

「你在看什麼？」蘿熙不知道什麼時候來的，徹底打亂了他的思緒，只見她漫步走向他，白袍輕輕飛揚，而李奕陽的動作剛好定格在他凝視自己手臂。

「沒什麼。」他將剛剛捲起的袖子放下。

蘿熙猜測，「在看你手臂上的疤痕嗎？你是不是在想，咦？我明明替那女孩擋了砸過來的酒瓶，照理說上面應該會有疤痕啊！那麼為什麼我手臂上沒有任何疤痕？」

由於蘿熙在給出那本日記前自己有先看過，所以知道李奕陽此刻在想什麼。

李奕陽感到無奈，「我好像什麼事情都無法逃過妳的眼睛。」

老實說這感覺有點不好受，自己好像什麼事都攤在陽光下，無法隱藏。

但眼前這個人卻帶著神秘，這讓他覺得有些不公平。

「我是醫生，觀察力十足。」蘿熙笑笑地說。

「所以，妳可以回答我這個疑惑嗎？」李奕陽輕笑一聲，「妳該不會又要說什麼要讓我自己想起這段記憶吧？」

蘿熙不禁笑了，「你會檢查手臂上有沒有傷痕，是想確認是不是真的有這段記憶吧？我覺得沒有這個必要，因為那本日記確實是那位女孩所寫的。」

「但我覺得很匪夷所思，既然我當時縫這麼多針，為什麼卻沒有任何疤痕？」這樣的無暇肌膚就好像根本從來沒有受過傷一樣。

「這答案很簡單，現在的醫學技術很發達也很先進，你身上的疤在這裡接受治療的時候都去除掉了，既然人都在這裡接受治療了，不做白不做嘛。」蘿熙卻帶點古靈精怪的語氣對他解釋。

因為對方這古靈精怪的俏皮性格，在有的時候，他真的會將記憶中那女孩與眼前的蘿熙當作是同一個人。

李奕陽瞇起眼睛，緊抿著唇，眼神透露出不相信、懷疑。

蘿熙笑了笑，語氣輕鬆，「怎麼用這種眼神看我？」

他別過頭，「我知道妳對我隱瞞了很多事情。」

她倒是不否認，直接爽快的回：「對，我的確對你隱瞞了很多事情，誰沒有祕密呢？有著神秘感的人才會吸引人嘛！」

「那妳帶著這股神祕，是想吸引我？」他挑眉。

蘿熙先是愣了愣，覺得意外，沒有想到他會說出這樣的話來，於是忍不住笑了出聲，當笑聲停止後，她朝他眨了眨眼睛，把問題丟還給他，「你覺得呢？」

選擇不回答問題而不斷地把問題丟回，這讓李奕陽覺得自己好像被玩弄在她的掌間，無法逃離。更讓他感到訝異的是，與蘿熙之間相處的感覺就跟當時與那女孩相處的感覺一樣。

究竟，蘿熙是不是就是他記憶中的那名女孩？

他好想知道這答案。

04

這天，李奕陽在復健室練習行走的時候，他遇到了一位年紀稍長的女子，這女子的年紀目測約莫五十歲，眉目慈祥，散發出一股親和力。

她身上不是穿著白袍，而是私服，打扮非常的樸素，但氣質非凡，那是種高貴的氣息，渾身散發出不可侵犯的感覺，而這裡的醫護人員見到她的出現，紛紛行禮，顯現她的身分就是如此的與眾不同。

此時這位高貴女子的手正挽著一名看起來也是五十多歲的男子，男子身上穿的就是病服了，男子雙手撐著四腳拐杖緩慢移動，而高貴女子的目光落在他身上，看起來她似乎是男子家屬的樣子，但見到其他醫護人員對她的尊敬，李奕陽的目光不禁多停留了幾秒鐘。

「那位阿姨是誰啊？為什麼這麼多人對她行禮？」李奕陽感到好奇，便開口問身邊的復健師。

復健師名叫杜善影，是專門負責李奕陽的復健師，自從李奕陽下定決心要好好復健後，他們每天按表操課，從來沒有一刻怠惰過。

「什麼阿姨？講話尊重一點，那是麗夫人，麗夫人是我們的院長，幾乎將自己的一生貢獻給醫院，是位很令人尊敬的人哦！」

「所以她是……醫生？」李奕陽蹙眉，感到微微訝異，沒有想到對方的身分竟是如此。

「她是一位優秀的研究學者。」杜善影說。

「研究學者？」

「嗯啊！研究學者，醫院不是只有在救人而已，也同時有在做臨床方面的研究，比如研發一些對抗疾病的藥物或是材料，像前陣子有場臨床試驗的成果轟動全國，就是麗夫人所研究出來的，許多記者都爭先恐後的來採訪她，她的這項研究竟然讓一位長期昏迷的植物人醒來，很神奇吧！這簡直是奇蹟。」

一旦被醫生宣告是植物人，那就是腦部已經死亡了，通常腦死的人能夠醒來的機率是很低的，李奕陽沒有想到眼前那位老夫人竟然是德高望重的人，目光不禁再度凝視她。

而身旁的杜善影依舊滔滔不絕地講著，口中對於麗夫人滿滿的賞識與讚嘆，「除了這些，他們研究所也有研發一些對抗疾病的藥物跟幫助傷口快速修復的材料，或是器官的人工再生，很多很多的，研究大樓就在住院大樓的隔壁，若你對這塊有興趣，不妨可以去逛逛，一、二樓是可以開放給外人進去參觀的。」

李奕陽聽了分心，不小心從復健器材上面跌倒，發出的聲音引起周圍人的注意，當中包含了那位麗夫人。

他被杜善影扶起來，同時發現那位麗夫人此刻正凝望著他。

令他沒有想到的事情是，麗夫人緩緩走向他的方向，杜善影朝她鞠躬行禮，但她的目光卻深深的凝望著李奕陽。

「你還好嗎？」麗夫人開口問，充滿皺紋的雙眼炯炯有神，因上方的燈光投映在眼眸中，而散發著柔和。

這樣的關心讓李奕陽愣了愣。

「您……認識我？」他感到疑惑。

然而，麗夫人的表情卻有些奇怪，她解釋，「我是說，你跌倒了，人還好吧？」

原來只是一般的關心，就像路上有人跌倒而上前關心一樣，這讓李奕陽感到有些丟臉，原來是自己多想，麗夫人怎麼可能會認識他，他朝她禮貌性的點了一下頭，「我身體無恙，謝謝您的關心。」

麗夫人垂下眼簾，望著他那雙腳，嘴角微微翹起，「加油，你一定可以行走的。」

丟下這句話後，麗夫人轉身離開，而李奕陽再度踏上復健器材上，繼續著他的復健。

「所以我的皮膚能夠像新生般，是多虧於麗夫人的研究？」他看向自己的手臂，明明遭受過那樣的傷害，但上頭卻沒有任何一點疤痕。

「是啊，麗夫人的研究成果真的很厲害，她的研究成果登上了很多知名的期刊，這些期刊的分數都很高，而且還有國外的研究員爭先恐後地想要與她一起合作……」杜善影對於這位麗夫人崇拜有加，不停地講著關於麗夫人的風光偉業來，李奕陽一副有聽沒有懂的樣子，但沒有阻止他的滔滔不絕。

「要不然這樣好了，我們可以約個時間，我到時候帶你到研究大樓那裡參觀怎麼樣？」說到最後，杜善影這麼說。

面對杜善影的邀約，李奕陽擰眉，眼前這位復健師總是開朗散發著活力與熱情，這樣的熱情讓人不知道該怎麼拒絕，但一想到自己沒有在復健的時間也是待在病房裡面，幾乎無所事事，於是他便答應了對方。

約莫經過一個小時後，復健結束的李奕陽回到病房裡，打算繼續看日記。

當拿起日記正準備要繼續閱讀的時候，他腦中突如其來有個想法浮現。

不知道麗夫人那眾多研究成果中，當中有沒有能讓他的記憶快點恢復的方法，如果有的話，那他就不會花費這些時間與精力就可以恢復記憶了，不是嗎？

稍晚的時候，蘿熙再度出現在他病房，而李奕陽將心中這想法提出來，蘿熙聽了後臉上的表情卻有些複雜。

過了幾秒鐘的沉默，她開口說：「不要以為做研究很簡單，麗夫人也是經過數十年的努力，現今才會有這些成果的，況且人腦可是很複雜的，她是有在針對人腦做些研究，但還沒有研究徹底，所以你講的那些東西，很遺憾現在並沒有。」似乎見到李奕陽的失望表情，她又說：「可是我不得不說，她的那些研究成果真的很厲害，連我都不禁感到敬佩，說不定在未來的某天真的會有這些藥物被研發出來。」

「我知道自己的要求有些過分，但我只是想讓自己的記憶趕快恢復。」李奕陽說，聲音夾帶一些失落。

蘿熙看著他，說：「所以我才給你日記看啊，你要相信自己，說不定你的潛力還沒有被激發。」說完，她握住他的手，這還是她第一次主動握住他的手，被觸碰到的地方有些發麻。

他不禁回握著那隻手，蘿熙的手有些冰冷，她並沒有抽離，只是對著他微笑，而她此刻的笑容讓李奕陽想起了那位女孩。

「對了，日記上有提到那女孩的爸爸是黑社會。」他將從日記上得到的訊息告訴了蘿熙，並望著她的眼睛看，似乎想從上頭捉摸到什麼。

蘿熙聽到後笑了笑，接著把她的手抽離。

「這資訊妳也知道？」看到她的反應，他這麼猜。

蘿熙一臉理所當然的表情，「我當然知道。」

「妳是原本就知曉，還是因為看日記而知曉？」他又問。

「我怎麼樣知道的有什麼差別嗎？我知道就是知道了。」

「妳跟這女孩到底是什麼關係？能告訴我嗎？」

「……抱歉，這個我不能透露。」蘿熙說。

李奕陽蹙眉，滿臉不解，「如果妳們是朋友，說是朋友即可，我也不會過問太多，看樣子，妳們不單單是朋友的關係。」這是他的猜測。

而每當蘿熙聽到他的解讀與推論，她都不會多做解釋，不會承認也不會否認，僅僅只給了他笑容，這些跡象讓他知道若要找尋記憶，真的只能靠自己。

只是直到現在，他依舊沒有想起女孩的名字。

她到底……是叫什麼名字呢？

05

自從上次消波塊救了我，我的腦中就不斷地想起他，想起他救我的那畫面，想起他那毫不思考就直接擋在我面前的英姿，雖然當下可怕，但我不得不承認，他當時真的好帥啊！他挺身保護了我。

我第一次被這樣保護著，對方彷彿連命都不要的樣子，不免覺得有些感動。

於是我開始會上課偷看他，發現他都很專注聽課，或是低頭認真寫筆記，有時候會不小心跟我對上眼，而我都會害羞地躲開他的視線。

我該不會喜歡上消波塊了吧？

但他，喜歡我嗎？

一有這個想法後，我沒有多想，就直接開口跟他說：欸！我喜歡你！你呢？喜不喜歡我？

我承認，這完全不像是一個女生的浪漫告白，但我真的就只是很想快點讓他知道我的心意，同時也很想知道他心裡是怎麼想我的。

結果他竟然說：不喜歡。

好樣的，我這位絕世美女站在他面前，他都不會感到心動嗎？我被這麼多人告白過欸！他為什麼看不上我？這人的眼光怎麼這麼差啊？

因為他不喜歡我，我覺得很生氣，不想理他！不想跟他說話了！

被我喜歡可是他的好運欸！他應該要好好珍惜啊！

但我冷靜後發現就算我生氣了，我不理他了，他也不會喜歡上我，於是我做了一個決定，那就是想盡辦法要讓消波塊喜歡上我！

只是我從來沒有追過男生，該怎麼做啊？

是說消波塊有沒有交過女朋友啊？雖然我問過，他是說沒有，可是我不相信欸！

上次就看到有一位學姊跟他告白了，還主動牽起他的手，消波塊這麼帥氣的外表怎麼可能沒有交過女朋友啊？我真的真的真的不怎麼相信。

不過，我也親眼看到消波塊拒絕了那位學姊，直接說妳不是我的菜，我差點笑出來，這樣的拒絕方式真是夠直接。

李奕陽看到這一頁日記，不禁笑出聲，女孩的日記內容總是能夠帶給他歡笑。

看了這麼多頁的日記，他的記憶漸漸甦醒，隱隱約約記得有位總是帶著燦爛笑容的女孩子，經常朝著他奔跑過來，好像他是她的全世界一樣，然而，在他的眼中，女孩才像是寒冬的暖陽，帶給他許許多多璀璨的時光，讓他的世界不再那麼灰暗。

「李奕陽——」

他想起每當女孩喚著他名字的時候，就會用力揮著手，長長的秀髮因風而飛揚著。

對於女孩的熱情他都不太有什麼反應，或是說他不知道要怎麼反應，每每她呼喊他，他都只是停下腳步凝視著對方，直到對方奔跑到他的面前，他才開始走動。

高中制服襯托著青春與活力，像女孩就宛如燦爛的星子一樣閃閃發光，無比的純真與活潑，若說用色彩來比喻，那麼屬於女孩的顏色應該是豐富的，不像他只有黑白而已。

因為秘密的守護任務，他與女孩是同班同學的關係，座位被安排在女孩的隔壁，藉此可以保護她。

他的唯一任務，就是守護女孩的生命安全，因為女孩的身分特殊，是黑社會千金，雖然女孩的真實身分沒多少人知道，班上的同學甚至是班導師也都不知道，但為了以防萬一，他必須無時無刻待在女孩身邊。

或許是職業病，只要有人要靠近女孩，他就會反射性的搶先擋在女孩的面前保護她。

「李奕陽，你這樣簡直陰魂不散欸，是不是想當我的男朋友啊？真受不了你欸！」女孩輕打了他，要他退一步，讓另外一位女同學離她更近。

起先，他不讓步，女孩再度輕打他一次，這一次加上眼神的警告，他才往後退，但目光始終都警戒地盯著那位女同學看，深怕她做出會傷害女孩的事情。

「你們真的沒交往嗎？我可不相信，我看李奕陽的佔有慾好強，不管是男生還是女生他都防欸。」不知情的女同學忍不住這樣猜測。

「沒有，我跟他之間沒有交往，只是他答應我爸說會當我的保鑣，要無時無刻注意我的人身安全。」女孩這麼說。

聽到這段話的時候李奕陽蹙眉，想說她怎麼就這樣直接說出口了？這件事情不是要隱瞞嗎？這可是秘密任務欸！不應該讓其他人知道的呀！

女同學聽了反而哈哈大笑，一臉不信，直接吐槽說：「妳是不是偶像劇看太多？什麼保鑣、什麼人身安全的？白天就在作夢，癡心妄想的，這樣不太好哦！」

女孩勾起嘴角的笑容，帶點古靈精怪俏皮的說：「妳也知道，我最喜歡霸道的男生了，這樣的夢偶爾幻想一下，沒什麼不好啊！我想李奕陽可能故意要引起我的注意，真是的，我都叫他不要這麼高調了。」

「所以你們真的沒有在交往嗎？」女同學一臉八卦的表情，在一旁的李奕陽則是徹底無言。

「就跟妳說沒有了。」

女孩總是這樣子，故意說些玩笑話，故意鬧鬧身邊的朋友，她可能清楚知道就算她老實說出自己的真實身分，估計也沒有人會相信吧！

但就是因為這裡的環境如此樸素單純，女孩的父親才將她送進這所普通高中裡面，與其他同年齡的孩子們一起學習。

這段記憶莫名的在他腦中浮現，李奕陽望著窗外，不禁笑起。

隨著日記的閱讀，越來越多關於女孩的記憶在腦中甦醒，他相信總有一天，他的記憶能夠完全恢復。

06

我今天被一位高三的學長告白欸！學長人帥是帥，但並沒有消波塊帥，他說他某天看到我在花園那邊跟校狗玩，就因此喜歡上我了，對我一見鍾情。

就說我人見人愛，很多人追求吧？呵呵。

我立刻跟消波塊分享這件事情，但他卻沒有什麼反應，還說如果我要跟學長交往那就答應吧！

我當下聽到真的很火大！這人怎麼這樣子？我前陣子才跟他告白被拒絕欸！他怎麼可以把我推給其他男生？

我好想揍他，而我也真的揍了他一拳，還送給他一個過肩摔，誰叫他惹我生氣！

我不想跟他說話了啦！這人很討厭欸！講話怎麼這麼傷人？

氣死我了！！！

好，就如他所願，我決定要跟學長交往了！

偶像劇不是常常都會有這種情節嗎？女主角跟男主角以外的人開始交往後，男主角才驚覺原來自己喜歡女主角，所以前去將女主角搶回自己的身邊。

我想，消波塊肯定沒有發現自己其實喜歡我，要不然他怎麼會要我跟學長交往呢？

我想的沒有錯吧？

＊＊＊

當我跟消波塊說我決定要跟學長交往這件事情後，他竟然沒有任何的反應，還跟我說祝福我，祝你個頭啦！

事情的發展與我想像完全不一樣，什麼偶像劇浪漫情節那都是假的！

原來消波塊真的不喜歡我啊？這件事情讓我覺得好難過。

還以為他是礙於爸爸的關係而不敢承認說自己喜歡我，結果他真的一點都不喜歡我……

我真的真的不想要理他了啦！哼！

李奕陽摸向自己的腦袋，腦中剛剛闖入了那位女孩與另外一位男生走在一起的畫面，兩人還有說有笑的，這畫面實在令當時的他感到不快與刺眼。

他想起當時的他將那些喜歡的情感壓抑住，不敢表現出來，任何一絲絲的愛戀情感都不敢透露，不管女孩對他做出什麼樣的表情，或是什麼樣的事情，他凝視著女孩的目光始終都是冷淡的，就像是一個冰冷的機器一樣，沒有任何的感情在，而他也不能有任何的行為。

就算女孩打了他，他也不會喊痛。

那時候，他看見女孩流出了淚水，咬著牙怒瞪著他，他放在口袋中的手默默握緊成了拳頭，忍住想上前替她擦拭淚水的想法，忍住想上前擁住她並且對她說要她別走的話語。

他默默地喜歡女孩，默默地將女孩深藏在心裡面，不敢將這份心意讓對方知道。

因為看日記而想起這段記憶，讓李奕陽不禁看得入神，沒有發現到蘿熙不知道從什麼時候開始一直站在門口處觀察他，當他回神並察覺到身後有道目光的時候，立即轉頭，眼神在短短的一瞬間變得犀利陰冷，一發覺來的人是蘿熙後，他收回自己陰冷的目光，淡然地看著她。

「妳什麼時候來的？」李奕陽開口問，他不太喜歡在不自覺的時候被觀察著。

蘿熙對他笑了笑，「我還在想你什麼時候會發現門口有人呢！」她看向自己的手錶，「我等了十二分鐘。」

她的這行為讓李奕陽感到無言，默默地將手上的日記本闔上，帶點無言的表情看著對方。

「別用那種表情看我。」蘿熙說，下一秒直接帶入正題，她凝望著他，「今天覺得怎樣了？我聽杜善影說你可以開始行走了？」

沒有錯，今天在復健的時候他可以行走了，只是還很吃力，需要輔助工具，而且能走的步數不多，他還得加把勁。

「對，但只能走幾步而已，還不能行動自如。」他老實說，就算想隱瞞也無法，因為蘿熙可以從杜善影那裡得知他的近況。

蘿熙沉默了一下，看著他的眼睛，問：「你有沒有想過個問題，如果之後你雙腳可以自由地行走，你有想去哪裡嗎？」

李奕陽抿著唇，沉默了幾秒鐘後開口，「……我想找那位女孩。」

蘿熙愣了一下，「這樣啊……」不知道怎麼的，她的聲音聽起來極為不自在。

「怎麼？我不能找她嗎？」她的反應讓他感到納悶。

「我可沒這樣說，你想找她就找她吧！但前提是，你的記憶得完全恢復才能找到她，對吧？」

蘿熙的話宛如一桶水澆熄了他體內燃起的熱情跟希望。

因為她說的沒有錯。

他垂下眼簾，「妳說的沒有錯，如果我想找她，我就得讓自己的記憶完全恢復。」望著蘿熙那不自然的表情，李奕陽問：「我再問最後一次，妳真的不是那位女孩嗎？」

蘿熙依舊不給予正面的回答，她淡淡一笑，「你希望是嗎？還是希望不是？」

他希望嗎？

這個問題可真是問倒了李奕陽。

如果是，那麼他就不會花任何心力來找尋，但如果不是，他該從何找起呢？

07

我知道消波塊是我的保鑣，是爸爸派來要保護我的人，但他也太陰魂不散了吧！無時無刻都跟著我，不管我人走到哪裡，他都尾隨著，這樣我是要怎麼跟學長獨處約會啊？

不對，我想我心裡一方面也希望他能以這樣的方式待在我身邊吧？畢竟我並不是真的喜歡學長才跟他交往的。

雖然我嘴上跟消波塊抱怨，說男女交往的時候是需要有自己的空間，要他離我遠一點，但他就是怕我會發生危險，不讓我遠離他的視線。

唉，學校很安全的，是可以發生什麼危險？

他這樣子已經不是保鑣了，這是背後靈欸！

難不成我以後結婚他也要隨行嗎？

學長一直覺得消波塊很奇怪，今天還上前嗆聲說我是他的女人，要他離我遠一點，我跟他說他是爸爸派來保護我的人，他不信，以為我在扮家家酒，最後我只好謊稱說他是我的青梅竹馬，擔心我交往的對象對我不好，他才相信這種鬼話。

唉，我講實話沒人相信，我講謊話才有人相信，這樣讓我做人真的很難，我們從小接受的教育不就是叫人要誠實嗎？

也是啦！誰能相信我就是黑社會老大的女兒呢？我記得我上次直接說我是黑社會老大的女兒，有人直接回說我：我還總統的女兒咧。

哈哈，呵呵，我無言。

學長人很貼心，每天都會送早餐給我吃，而每次送來的早餐消波塊都要來測毒，我告訴他不用，學長不可能會害我的，但他異常堅持，真的是職業病。

雖然如此，但我卻覺得他很可愛，他一定也怕我遇到危險吧？

如果他保護我這件事不是出自於任務就好了，如果他是打從心底真心的想要保護我那就好了。

唉，怎麼辦，雖然我跟學長在交往，但我還是很喜歡消波塊。

李奕陽清楚知道，那時候女孩的目光無時無刻都落在他的身上，即使跟別人交往了，視線依舊落在他身上，但是他裝作不知情。

那樣的視線如此明顯，夾帶著濃厚的愛戀情感，他怎麼可能會不知道？

只是，他得一直裝作不知道才行，以免打破了兩人之間的平衡。

女孩與他人交往，他雖然心中難受，但他不敢吭聲，因為他清楚知道女孩跟他之間不可能會有結果的，他清楚知道兩人若在一起一定會有人反對他們的，他清楚知道兩人有多麼的不匹配……

她是如此的閃耀，而他卻是如此的黯淡，宛如白晝與黑夜、宛如光與影。

這樣的他們，又怎麼能在一起呢？

「李奕陽，你真的沒有交過女朋友啊？」

他點頭回應，這個問題女孩問了他好幾遍，而他也回答了好幾遍了。

他從來沒有交過女朋友，在遇見女孩之前，也從來沒有喜歡過人。

這女孩是他第一次喜歡的人，所以他特別的珍藏、特別的珍惜這一段不會有結果的感情。

「這麼說，你是處男囉？」女孩又問。

這突如其來的荒唐問題讓他腦中瞬間空白。

當時好像口中在咀嚼什麼食物吧？聽見這話的時候，裡面的食物瞬間噴出去，噴得女孩一整臉都是食物，弄得女孩懵了。

「幹麼啊？反應這麼大做什麼？是就是，不是就不是啊！我又不會笑你……」女孩一臉噁心的擦拭掉臉上的食物殘渣，而他被食物噎到，難受的咳到臉紅。

見到他臉紅，女孩似乎發現了什麼，她緊抓他的手臂，沒有要放過他的意思，一連串丟了好幾個問題給他，「你臉紅什麼啊？不會吧？你沒有談過戀愛，但你不是處男？你怎麼這麼亂啊？跟誰？還是我誤會你了，你還是處男？」

他一臉語塞的看著她，這什麼話題啊？她知道自己在說什麼鬼話嗎？而這些鬼話為什麼這麼的十八禁？

雖然那時候的他剛滿十八歲，而女孩十六歲，嗯，這年紀的男女確實會對這方面產生好奇啦！但有人問這麼直接的嗎？

……有，就在他眼前。

「所以，答案到底是什麼啊？」女孩眨了眨眼睛，表現出很天真無知的樣子，若不是與女孩熟識久了，他還真以為她就是如此單純，但實際上則是古靈精怪，小小的腦袋瓜裡面裝了很多點子。

他一臉鎮定，告訴自己別慌，否則慌了就先輸一截了。

「妳問這要做什麼？」他反問，聲音有些沙啞。

女孩凝視著他，過幾秒鐘後說：「瞧你緊張的，我又不會對你怎樣，就只是好奇嘛……」

「那妳好奇這做什麼？」他又問。

相處久了他知道若一直被女孩丟問題，他只會處於弱勢無法佔上風，所以要趁勝追擊，不停地把問題丟回去。

「好奇我親愛的保鑣有沒有背著我跟別的女人亂來呀……」她刻意在語末的時候伸出手指勾了勾他的下巴，這挑逗般的行為惹得他心裡小鹿亂撞的。

他知道她是在鬧他，她就是想要看他會有什麼樣的反應。

他悶哼一聲，一臉冷漠的望向別處，不想與她對上眼，彷彿一對上眼了，對方就抓摸到他的心思似的。

女孩見狀，收回自己的手停止嬉鬧，但心情似乎不是很好，甚至嘆口氣。

「妳怎麼了？」他察覺到女孩似乎有些心事。

她低下頭，「沒什麼，就學長最近提出說想跟我進展到下一步，就是親吻。然後我想著想著，就想到了情侶之間最後一個步驟，就是上床——」

「不可以！」他搶先說，沒有任何思考。

女孩的話讓他腦中亂成一片，他不能與女孩交往，只能眼睜睜的看著女孩與其他男生交往，然而他卻不願意讓女孩與其他男生有著親密接觸，更別說是到最後一個步驟了。

一想到這，他就快要瘋掉了，他無法接受女孩在另外一位男生的懷抱中，光只是想像而已，他就想殺人了，更何況如果真的發生了，他不知道自己會做出什麼失去理智的事情。

女孩被他突如其來的怒吼給嚇了一跳，她一臉奇怪的看著他，而下一秒，她燦爛的笑開了，手掌輕托著腮幫子，「你在不高興啊？因為我跟學長要親吻？」

「沒有。」慌亂之中李奕陽急忙找了藉口，要自己情緒緩下，「妳未滿十八歲，還不能發生關係！連親吻也不行！要好好保護好自己！」

女孩蹙眉，「只是因為這樣？」她才不相信，畢竟李奕陽很難得有反應這麼大的時候。

女孩突然覺得有些好玩。

「對，就只是這樣而已。」他又說：「而且如果妳爸爸知道妳跟學長之間的事情，那位學長估計看不到明天的太陽。」

他的話讓女孩思索著，「這麼說好像也是，爸爸很可怕的……但是，這件事情只有你知我知，學長知，你不說我也不說，學長也不說，那爸爸他是不會知道的。」

「……」

「我說的沒有錯吧？」女孩俏皮地眨了眨眼。

「我會跟妳爸爸說的，所以妳不能做這些事。」他冷靜的對她說。

「你會說？欸，你人怎麼這樣啊？我的事情有必要鉅細靡遺的都跟我爸爸說嗎？我也有自己的隱私啊！」

「在未成年之前，所有的隱私都不算私事，更何況我是妳的保鑣。」他胡扯。

女孩先是一臉無語地看著他，然而在下一秒她卻笑了，她笑得如花似玉，臉上的笑靨讓他看了失神，但他趕緊要自己回過神，別讓女孩發現這短暫的異樣。

女孩打從心裡覺得開心，伸手勾住他的手，在被碰觸得當下他的肢體瞬間僵硬住，平常有的時候女孩會勾著他的手一起走路，他都沒有像現在這樣感到不知所措，就好像被發現了什麼事情一樣。

他咳了幾聲，對上她的笑眼，發現女孩一直直視著他的眼睛，述說著她似乎看透了什麼。

08

我覺得消波塊明明就是對我有意思，卻不敢承認。

為什麼他不敢承認啊？是因為什麼事情嗎？他覺得自己配不上我嗎？

最後我跟學長提了分手，但學長好像一點都不驚訝的樣子，看來他也察覺到我對這場戀情顯得心不在焉的吧。

每次跟學長的約會，消波塊都會在不遠處待著，雖然會保持距離，但就是會一直跟著我們，以防我若發生了什麼危險他可以立即出現，學長一直覺得這樣的模式很奇怪，我們也因為這件事情吵了幾次，我口口聲聲說消波塊是因為身為青梅竹馬擔心我，一開始他信，但久了他卻不信了。

他一直覺得我跟消波塊之間肯定有什麼，我跟他說了好幾次我們沒有，但他不信。

算了，這次的分手也解脫了彼此。

真是一段莫名其妙的戀情，只維持了兩周的時間而已，但是這一次的戀愛也讓我知道，若消波塊一直待在我身邊，我是不可能跟正常女生一樣交男朋友的，雖然我一開始會跟學長交往本來就是為了要氣氣消波塊就是了。

消波塊知道我跟學長分手後，沒有表示什麼，只是淡淡地回應我一聲，可是他不知道他那微微翹起的嘴角被我發現了。

真是傲嬌，喜歡我幹麼不敢承認啊？

我跟學長分手後，另外一個追求者知道後，立刻跟我告白。

就說我魅力無法擋吧？一堆人喜歡著我。

這次的追求者也是一位學長，不過上一場戀情讓我學到了教訓，於是交往前我跟這位學長提出了條件，只要可以接受消波塊的存在，我就可以答應跟他交往。

哈，這位學長還以為我在找煙霧彈，真是笑死我。

但學長最後答應了，看起來非常勉強，而我發現消波塊的表情有些奇怪。

那一次女孩與學長的分手，李奕陽想起自己為此而暗自高興，只是才高興沒有多久，又得知女孩交到新男友的消息。

這也未免太快了吧？分手不是都要有一段療傷期嗎？無縫接軌的這樣好嗎？於是他忍不住開口，「這麼快就交到下一任男友，這樣會不會被人說閒話？」

女孩不以為意，她非常的做自己，也是，從他一開始認識她，她就一直是這副德行，我行我素的，根本就不在意別人的眼光，彷彿天塌下來了她也不會害怕的樣子。

「這話我可以解釋你在吃醋嗎？你不希望我交男友對不對？你希望我一直待在你身邊，對吧？」女孩這樣對他說，精明的大眼睛眨阿眨的，似乎想要看穿他的心。

而他早就預想到女孩會有這一招了，他無奈的嘆口氣，「請妳不要隨意亂猜測。」藉由客氣態度來拉遠彼此之間的距離，這是他的本分，他知道自己不可以越界、不可以壞了規矩。

「李奕陽，你真的很口是心非，若不好好面對自己的心，這樣可是會錯過很多東西哦！」女孩指了指自己，語氣很有自信，「比如，你會錯過我。」

之前都是暗示性，現在則是直接用丟直球的方式來對決，對於女孩的直接他先是感到意外而愣了愣，隨即擺著一張冷峻的臉說：「妳在胡說八道些什麼？」

女孩收回指向自己的手，嘖了一聲，「你才在胡說八道吧？膽小鬼。」

「我哪裡膽小了？」

「不敢承認自己喜歡我，你就是個膽小鬼！」女孩說。

這句話他聽了有些不悅，急忙否認，「我根本就沒有喜歡妳，我是要承認什麼？」

「你看，說你膽小就是膽小。」女孩故意說些話來刺激他，「反正這個學長知道你的存在，他不介意有個人看我們曬恩愛，我看以後如果我要跟他接吻你就在旁邊看好了，也順便學一下接吻技巧，你一定沒接過吻，所以接吻技巧一定爛到爆。」

女孩的話成功激怒到他，他咬牙怒瞪，不悅的表情直接寫在臉上，他生氣了。

握起拳頭，他反駁她的話，「誰說我不會接吻的？」

「我說的啊！怎樣？你要證明自己很會接吻嗎？明明就是個處男，裝什麼裝？你明明就很純情，明明就什麼經驗也沒有，我還比你好多，至少我有跟人交往過！」女孩邊說邊用手指戳著他的胸膛，邊戳邊逼近他，而他被戳得往後退，最後被逼到牆邊動彈不得。

感受到身後抵著牆，進退不得的他伸出雙手抓住女孩的肩膀制止她再繼續往前，但女孩變本加厲，直接擋住他的去處，小小的身子站在他的胸前，完全不構成任何的威脅，令他百般無奈，好氣又好笑。

「別過來了，妳再過來我就親妳。」他語帶威脅。

女孩一臉不信，她笑著說：「哈，少嚇唬人了，你根本不敢親我。」

她就是吃定了他膽小。

偏偏這句話成功刺激到他，於是下一秒他將臉湊近女孩的臉，女孩眼睛連眨都不眨的，但表情明顯的微微一愣，趁著女孩愣住的時候，他直接將自己的唇往女孩的唇貼上去。

他的手輕放在女孩的肩膀，感受到女孩身子的僵硬與茫然，他知道他贏了。

09

消波塊這個大變態！怎麼可以親我！！！！？

我當下直接給他一個巴掌，接著馬上就跑走了。

不過說到底，這件事情是我先起頭的，是我故意要激怒他的。

我以為如同消波塊都不動的他，在遇到這種情況也會無比的冷靜，怎麼知道他真的被我刺激到了。

雖然我打了他，但老實說，我挺開心的。

他就是喜歡我才會親我的呀。

終於承認了吧？

＊＊＊

結果消波塊這個王八蛋，竟然說那時候的吻是被我激怒才做的，根本就不是因為喜歡我才親我的！

我被他的話氣到哭了，本來想告訴爸爸的，說消波塊欺負我，但我立即又冷靜了下來，因為如果告訴爸爸，消波塊可能會變成真正的消波塊。

既然如此，那我答應跟學長交往這件事真的就無所謂了，反正他不喜歡我，那我就不需要顧慮他的心情了。

不對！我就是覺得他喜歡我啊！不然之前那些反應怎麼一回事？他不就是在吃醋嗎？還是我真的誤解了？雖然我戀愛經驗沒這麼多，但我就是覺得有啊！

氣死人了，李奕陽，我想殺了你！

閱讀到這裡，李奕陽不爭氣的笑了出來，原本安靜的病房突然有了笑聲。

原先沉浸在日記中的他，因為笑的關係而將思緒從日記中抽離出來。

病房內只有他一個人，少許的陽光斜斜的照進落地窗裡，將病房的一角照了亮。

李奕陽不禁望向那一道光線，曾幾何時，日記中的那女孩就有如這道陽光一樣的閃爍，情不自禁的讓人注目著、喜歡著。

過往那些遺失的記憶，因為閱讀日記的關係，漸漸找回，現在約莫有七八成的記憶回到他的腦中了。

他也從一開始的故事旁觀者，逐漸變成了當事者。

他記得那時候女孩在隔天一臉憤怒地把他拖到四下無人的地方，雙手蠻力的抓住他的領子，氣急敗壞地對著他，逼問著他。

「你真的不喜歡我？」女孩說。

「不喜歡。」他冷漠地回答，無論她問了幾次他喜不喜歡她，他口中的答案都是不喜歡，都跟心裡真正的答案相反。

「真的不喜歡我？連一點點都沒有？」女孩又逼問。

「真的不喜歡。」他又說了一次。

女孩咬著牙瞪他，他知道她非常生氣，正想著女孩等等應該會痛打他一頓，他將目光望向遠方，正打算要承受女孩的暴力對待的時候，女孩卻突然捧起他的臉，吻上了他。

他瞪大眼睛，腦中瞬間空白，沒有想到女孩會突然親吻他。

看著女孩的臉如此的與他貼近，長長的睫毛微捲，在陽光照射下在眼瞼處形成如同黑色羽毛般的陰影，感受到她柔軟的雙唇反覆的交疊在他的唇上，感受到屬於女孩的香氣直撲他的鼻腔，他不禁沉浸在這樣的柔軟中，忘了應該要退後，忘了應該要拒絕的。

女孩雖然作風大膽，但行事卻有些生澀，這短短幾秒鐘的時間，她好像將所有的勇氣都耗盡一樣，生澀的吻著他，肢體僵硬，最後他忍不住壓著她的後腦讓她的身子更貼近他，另外一隻手在女孩的後腰處上下撫摸著，回吻著。

然而，就在他回吻的下一秒，女孩卻突然用力將他推開！

她微微喘著氣，原本白皙的臉此刻非常的紅，就跟熟透的番茄一樣，她的眼神從原本的迷濛渙散，瞬間精明閃亮，她輕笑了一聲，有點得逞的模樣。

見到那有如勝利般的表情，李奕陽才驚覺自己犯下的錯。

慘了，他不該回吻她的，這樣他不就是間接承認自己喜歡她了嗎？

「不喜歡我，是吧？」女孩的笑容帶點不屑。

「……」他無言以對，不知道該怎麼反應，因為錯誤已造成，來不及挽救。

女孩伸手用力推了他一把，臉上的笑容消逝，取代而之是一張冷漠無情的臉。

「我再問你一次，你真的不喜歡我？」她的聲音沒有溫度，像是想確認什麼的又問一次。

李奕陽表情僵住，雙唇顫抖，望著女孩的雙眼，此刻的他不忍心拒絕，卻也不願承認自己的情感，只能沉默。

等了幾秒中都沒有聽到答覆的女孩，語氣更加冷漠，「那好，你聽清楚了李奕陽，從現在開始，如你所願，我不會再喜歡你了。」

在他楞然的同時，女孩的身影已經消失在他的眼前，他撫摸著腦袋，還沒回過神。

然而不久，他就聽到女孩和學長交往的消息了。

10

為什麼消波塊明明就喜歡我，卻不願意承認？我給了他好多次機會，但他的答案依舊是否認。

這讓我實在傷透了心。

在答應跟學長的交往時後，學長有些不解，他說我喜歡的人明明是李奕陽，為什麼要答應跟他交往，原來學長也知道我喜歡他啊……

真是夠丟臉的了，我只好跟他說我喜歡他有什麼用，他又不喜歡我，與其自己去愛人，不如選擇愛自己的人，這樣還比較輕鬆。

只是沒想到學長竟然說要幫我，我說你不是喜歡我嗎？還要幫我的愛情，這樣不委屈啊？

學長的回答讓我傻眼，他說他覺得生活很無聊，就是因為覺得無聊才跟我告白，會選擇我是因為得知我失戀，人家說失戀的女生很容易心動的，他就抱持著試試看，有試有機會。

有試有機會，媽的，當我是刮刮樂啊？

不過還好這位學長沒有喜歡我，因為我根本就沒有喜歡他。

既然我已經跟那死消波塊說不喜歡他了，所以從現在開始我要裝高冷。

當時的他們其實是彼此喜歡，但是他只能忍痛拒絕她，只能再度眼睜睜的看著女孩與其他男生在一起。

過沒幾天，女孩不知怎麼的，突然開始耍公主病，以往的她是不會如此任性的。

先是一早莫名的將手上的書包丟到他身上要他拿，接著故意開口指使他去福利社買根本就沒有在賣的珍珠奶茶，他說他只是要守護她的人身安全，並不是她可以任意指使的手下，因此婉拒了她，沒想到女孩卻生氣的耍任性。

無法應付這樣的女孩，他只能趁著下課時間偷偷翻牆去買，買回來後女孩又嫌棄說珍珠奶茶太甜，她只要半糖就好，重新買回後她又突然說想要吃炸雞排，於是他又跑了一趟，炸雞排的香味散佈在整間教室裡面，科任老師一聞就知道，直接告狀到班導身上。

女孩一臉無辜的說是李奕陽翹課買的，班導把李奕陽叫到辦公室斥責，他無奈接受，沒有替自己解釋，一走出辦公室，他看到女孩跟學長有說有笑的一起吃著那塊他買的雞排。

「寶寶，雞排小心咬啊！千萬別燙到舌頭了。」女孩矯情的說，還故意看了李奕陽一眼。

都已經經過兩節課，雞排早就冷了，好嗎？

「寶寶，這裡有雞排屑屑，我幫妳擦乾淨。」學長伸手抹上女孩的嘴角，女孩有點害羞的閃躲。

都已經幾歲了，還要人家幫忙擦嘴巴，自己是沒有手嗎？

「寶寶，這家的珍珠奶茶好難喝，你不覺得這珍珠很硬嗎？」女孩說。

是老人家的牙齒嗎？連咬珍珠也有問題要不要去做牙齒檢查？

每一句的對話他都暗自在心裡默默的頂回去，他百般無奈的看著眼前不遠處的女孩，心裡很是複雜，他知道女孩是故意與新男友在他面前曬恩愛的，為的就是要故意刺激他。

「寶寶，我知道有一家珍珠奶茶特別好喝，放學要不要帶妳去？」學長提議。

「好啊好啊！那你放學帶我去。」

「我今天是騎機車來的哦，而且是重機。」

「重機？聽起來好帥啊！寶寶你怎麼這麼帥啊？」

東一句寶寶，西一句寶寶的，這兩人有完沒完啊？

他強迫自己做了一次深呼吸，這時候女孩呼喊他過去，跟他說放學的時候他要給學長載，要他自己想辦法跟上，或是就乾脆不要來。

負責女孩人身安全的李奕陽怎麼可能不去？

要跟上他們這件事情，對他來說倒不是難事，在保鑣訓練的時期，本來就會預想到很多突發狀況，於是過一個小時後，他就替自己弄到了一輛機車。

放學在機車棚的時候，女孩卻突然對他說自己的課本放在教室忘記帶了，要他回教室幫她拿，而當他幫她拿到課本時，女孩與學長兩人早就不見蹤影。

女孩種種的故意沒有讓李奕陽覺得生氣，他早就知道女孩會這樣耍他了，現在的女孩像是為了要報復他一樣，耗盡一切力氣的耍著他玩，把他當作是玩具一樣。

就是因為他知道女孩是故意的，所以他選擇悶不吭聲。

在成為女孩的保鑣時，女孩的手機就被他手機給定位了，因此要找到女孩是一件很簡單的事情。

從口袋拿出手機查詢到女孩的定位後，他立即發動機車出發。

很快的，他的機車就追上了學長那輛機車，坐在學長後座的女孩發現他跟上了，眼中閃爍著訝異，似乎對他的追上感到很意外。

女孩刻意轉頭要學長再騎快一點，最好是快到可以把李奕陽給甩掉。

學長騎車騎上癮，沒有在乎車速是不是超速、沒有在乎路況是不是危險，就這樣將油門轉到底，然而，才剛開始飆車而已，對向車道就突然有一輛砂石車衝過來，直接朝那兩人的機車方向過去，而學長為了閃避那輛砂石車，緊急剎車，整輛機車就這樣橫飛直撞上一旁的分隔島。

他們玩過頭了。

車禍的發生，學長雙腿粉碎性骨折，女孩更慘，她除了一腿粉碎性骨折，另外一隻腿脛骨斷裂以外，連手臂也骨折了，而且兩人都有腦震盪。

11

我覺得我對不起消波塊。

我承認我那些行為確實是故意要他的，但我怎麼跟爸爸解釋，爸爸就是不聽。保護我就是他的責任，所以我一旦受傷了，爸爸不會過問任何的理由，就是會懲罰他。

爸爸就在我病房內直接拿著槍對消波塊開了兩槍，一槍在手肘上，一槍在大腿上，這是對他的警告，也是對我的警告。

我真的好對不起他。

日記從這一頁就開始缺塊了，有時候是一整頁不見，只留下破碎的紙片，有時候是有半頁的日記被撕掉。

李奕陽納悶的拿著那些破碎頁面，不明白為什麼會缺頁。

他想起當時女孩的爸爸一出現在病房內，所有的氣氛僵到極點，宛如這男人把全世界所有的寒冷都帶來了這裡。

他的身分不僅是女孩的父親，也是黑社會老大，人稱為老爺。

老爺不苟言笑，剛硬的線條狠狠刻在他的臉上，冷峻的目光迴繞著四周，沒有人敢與他對上眼，那樣的壓迫感令人不禁屏息，好像只要呼吸喘口氣，下一秒命就會被奪走似的。

當見到自己的女兒虛弱的躺在病床上時，他眉頭連微皺都沒有，立即從口袋中掏出一把槍，女孩無力的想要阻止，「爸爸，不要……」

他沒有任何過問，沒有任何招呼，直接往李奕陽方向開了兩槍，李奕陽立即倒地，悶不吭聲，他咬著牙不為自己做任何辯解，也不讓自己發出痛苦的聲音，因為他清楚知道是他任務失誤。

他失職了。

從一開始他就知道他的任務是守護女孩的安危，所以只要女孩受傷了，他就會遭受到懲罰。

吃子彈的疼痛宛如火燒赤鐵直接狠狠烙印在他肌膚裡，他幾乎瞬間失去意識。

當意識恢復的時候，李奕陽人正躺在病床上，中彈的地方都已經手術處理完畢，在病房直接開槍，隨後立即進行搶救，很快就動手術取出裡頭的子彈，然後在病床上等恢復。

往好處想，至少沒有把他丟在街上不管他的死活，這樣想想算仁至義盡了。

由於剛清醒，又加上手術的關係，身體的疼痛感讓他有好幾天的時間無法行動自如，而這幾天中，組織的弟兄們紛紛前來看他，對他的遭遇沒有多說什麼，畢竟大家對老爺都有著畏懼與尊敬，無人敢吭聲。

「小姐吵著要見你，如果你可以走動了，要不要去見見小姐？」當中有人這麼問他。

李奕陽話都還沒有說，就被弟兄們押坐上輪椅，強迫推著他去女孩的病房。

「對不起，對不起，是我的錯……」女孩的手腳都裹上石膏，行動不便的躺在病床上，一看見李奕陽出現，她馬上就哭了。

「不要哭，聽了很煩。」他冷淡地說。

「我真的不知道會有這樣的結果……」她紅著眼睛。

「我當然知道妳不知道，若知道，我想妳根本就不敢這樣做。」他的聲音沒有任何溫度，比平常還要冷淡，平常他的聲音給人冬天的冷意，而此刻他的聲音給人虛無空虛感，似乎已經心死了。

「那你應該也知道我為什麼要罰你，這應該不用我解釋了吧？」第三人的聲音出現，兩人立即轉向聲音來源之處。

只見老爺一身黑的出現在病房門口，帶來無比的壓迫感與疏離感，女孩怨懟的眼神凝望著他，「爸爸，你怎麼這麼殘忍？你怎麼可以這樣對他？連理由都不聽就直接傷害他，這件事情又不是他的錯，你為什麼要對他開槍？」

老爺的目光冷漠的停留在女孩身上，那眼神讓女孩瞬間沒了聲音，明明只是淡淡地凝視，卻讓她覺得有股寒冷冷到背脊裡，她不禁打了哆嗦。

「妳受了傷，這不就是理由嗎？」老爺緩緩開口說，每一個字都很輕，但每一個字都讓她感到顫慄。

女孩又想開口說些什麼，但欲言又止。

老爺抬起腳步慢慢走進病房，他的每一腳步都很輕，沒有任何聲音發出，即使如此，給人的壓迫感卻越來越深，而病房裡面的人因為這壓迫感都不敢用力呼吸。

老爺走到李奕陽面前，伸出手一攤，兩顆沾了血的彈頭躺在他的掌中，這畫面令人怵目驚心。

「若滿五顆，到時候我就取了你的命，聽進去了沒？」老爺毫無溫度的說，眼神也令人不寒而慄。

李奕陽輕點頭，沒有說話。

女孩說：「爸爸，你不可以這樣，這樣對他來說不公平啊！」

老爺轉頭瞪著女孩，「妳這蠢蛋還在這跟我談什麼公平？若不想讓他受傷，妳自己別受傷不就好了？自己都管不好自己了，還想管別人？妳還真以為我安排保鑣給妳是讓妳扮家家酒用的嗎？學生的本分就是要認真學習，妳跟別的男生搞什麼飆車耍帥的？出了車禍活該！這次沒死算妳命大！若再有下次，我直接幫妳辦休學，不得商量！」

句句有威嚴的責罵話語讓女孩不敢回嘴，她咬著牙，生著悶氣，她氣爸爸，但卻更氣自己的幼稚，要不是幼稚，她怎麼會害學長出車禍？又怎麼會害李奕陽吃了兩顆子彈？

12

一樣的，李奕陽並沒有在身上發現中彈的痕跡。

他暫時將日記放在一旁，讓自己走出了病房，他想到處走走晃晃以喘口氣。

隨著記憶的甦醒，有些記憶會讓他感到窒息，尤其當想到那位暱稱老爺的老男人時，他的身子會不由自主地感到害怕，更嚴重的時候他的雙手會不停的顫抖著。

他是女孩的父親，有著威嚴與強大的勢力，光是一個眼神，就足以讓人感到害怕。

李奕陽更想起自己與老爺初次見面的那一天——

自小，他就出生在一個沒有愛的家庭，別人的家庭是爸爸媽媽與小孩的組成，但對他而言，所謂的家庭是一個生了他的女人，與無時無刻毆打他的男人。

他的童年滿是傷痕與痛苦，幾乎每天都會遭受到暴力的毒打，關在壁櫥裡面餓一整天已經算是小事，家人給予的從來不是愛而是傷害，他在一個沒有任何關愛的環境下長大，身上的傷口從來沒有停過。

戶口名簿上的家人對他來說是陌生人，生下他的女人背著名義上的父親與另外一個男人外遇，父親則是因為母親的背叛，整日沉浸在賭博跟買醉，心情不好就毆打他出氣，到最後家裡的錢都沒了，妻子也跟人跑了，他便逼迫他外出打工賺錢。

然而，年紀還不到十歲的小孩哪會有店家敢雇用他？

逼不得已，他開始行竊。

只是不管他偷了多少錢拿回家，所面對的都是父親的拳頭，最後他乾脆就不回家了，直接在外頭流浪，累的話睡在公園或是地下街，餓的話就去偷錢或是偷食物來果腹，而果真如他所想的，他父親根本就沒有來找他。

離家的時候他大約才十歲左右而已，而也就在他外面流浪的時候，遇見了老爺，這個從此改變他一生的老男人。

那時候的他已經好幾天都沒洗澡了，渾身散發出難聞的惡臭，蓬頭垢面的，他坐在街頭的一角，目光四處飄移物色著下一個獵物，打算專挑有錢人家下手。

而第一眼見到那位老男人的時候，他就被對方的氣勢震懾住了，光是一個眼神而已，就讓他打從心裡感到不寒而慄，他感覺的到那老男人有著不普通的權勢與地位。

於是他打算把對方當作行竊目標，他身高不高，還是個小孩，他相信許多大人都不會這麼注意像他一個這麼小的小孩。

當時，他趁著老男人與旁人說話的時候，趁機偷偷地靠近他，只是當他準備要動手的時候，卻被一旁的人給抓住。

一股強大的力量將他整個人壓制在地上，無法抬頭，他感覺自己的臉硬生生地貼在柏油路上，嘴巴也吃了少許石子。

「老爺，這孩子剛剛正準備要對您偷竊。」抓住他的人對著那老男人說，似乎是那老男人的手下。

他嘗試掙脫，卻無奈他身為小孩，力氣根本無法與大人相比抗衡。

「有種就殺了我啊！反正我早就想死了。」他大吼。

那老男人在當時根本就沒有把他放在眼裡，畢竟他那時候只是小孩，然而，當他開口說這句話的時候那老男人將目光放在他身上，微微瞇起眼睛。

「你想死？」他的聲音毫無溫度，沒有任何起伏卻給人濃厚的壓迫感。

而他也在抬頭的那一瞬間，剛好對上那老男人的眼睛。

那老男人的眼神有如鷹一樣的犀利，似乎可以洞悉人心，也有著濃厚的殺意，彷彿被盯上就會失去性命似的，他被那樣的眼神凝視而動彈不得，瞬間忘記掙扎。

「想死，是吧？不要以為你是小孩我就會放過你！」一旁的手下說。

接著，一旁的手下舉起手槍直接扣在他的腦袋上，他緊緊閉上眼，等待著死亡降臨。

他的人生有多爛，就有多想要離開這樣的人生。

那時候的他，就是這樣平靜般的表情引起了老男人的注意。

「等等。」老男人開口說話制止他手下的行為。

他蹲下身，望著男孩，不知道在看什麼，但那令人畏懼的眼神在他身上停留了好一段時間。

不知道經過了幾秒鐘，老男人要手下將槍收起，然後詢問：「小朋友，你幾歲？」

「……十歲。」他跪在地上，強迫自己與那老男人對上眼。

他兩隻手腕的袖子捲起，露出皮膚上的條條傷痕，那是他父親的傑作，曾經用皮鞭抽打著他，即使傷口結痂了，但卻令人怵目驚心、不寒而慄，老男人剛剛就是盯著他身上的傷痕看。

老男人又問：「你身上的傷是誰打的？」

他咬著牙，不吭聲。

一旁的手下多管閒事的謾罵，「長輩在問你話，你啞巴嗎？」

「放開他。」那老男人卻這麼對手下說，輕聲的一句話卻有著壓迫感，這壓迫感讓在場的人不禁顫抖著，那位被警告的手下默默閉上嘴，解開他的束縛。

他跪坐在地上，雙膝發麻，感受到老男人的目光依舊停留在他身上，他仍然不吭聲。

「無家可歸嗎？」老男人問。

「……關你屁事。」他不怕死的回答。

老男人卻笑了，「小朋友，你剛剛說你想死，既然你不想活，就把人生給我吧。」

他表情不解，下一秒老男人一個眼神，他左右雙臂立即被人拱起，就這樣被拖進一輛黑色轎車裡面。

13

李奕陽記得當時黑色轎車裡面的車窗全都被黑布掩蓋住，就連前方的駕駛座後方也擋著一塊黑色板子，他不知道自己即將被帶到哪裡去。

一路上他雖然疑惑，可是不曾開口詢問，就連一絲害怕的感覺也沒有，身邊的那位老男人雙手盤在胸前，閉目養神著，但身子直挺，隨時都在警戒的狀態下，這讓他只敢小心翼翼的呼吸著，不敢發出任何的聲音。

路程約莫一個多小時，之後轎車緩緩停下，司機的聲音從前面傳來，「老爺，到了。」身邊的老男人睜開眼睛，盯著他說：「跟我下車。」

他一下車就發現自己被帶來了一間別墅，別墅周圍環繞著山景，一片綠意，空氣無比新鮮，看起來與世隔絕的樣子。

「跟我進來。」老男人對他說，頭也不回的直接往別墅門口的方向走去。

從院子到別墅門口之間有一段距離，紅磚路的兩旁種植著色彩繽紛的花朵與矮樹，他慢慢地跟在老男人身後，眼前那老男人的背影寬而厚實，散發出內斂與穩重。

門口有著類似女傭的人對他鞠躬彎身，有著恭敬以及一些些的畏懼。

而他還是不懂為何會被帶來此處。

當他正納悶的時候，有一位比自己年紀還要小的女孩出現在他身邊，女孩長得美麗動人，豔麗的外表讓他忍不住盯著看，而她大大的雙眼也凝望著他，眼神中有著疑惑。

「你是誰啊？」她好奇地問。

「一個不要自己人生的人。」老男人冷酷的替他回了話，他對女孩說：「妳替他取個新名字吧。」

「啊？」女孩表情疑惑。

「新名字就表示新的人生。」

「那你……就叫李奕陽吧！」女孩對他說，然後自我介紹著，也說出了自己的名字。

只是對於女孩的名字，他的記憶模糊，不管怎麼努力的想就是想不起來。

但他記得獲得新名字的那天開始，他的生活徹底改變了。

他被那位稱為老爺的老男人安排與其他人一起進入打鬥訓練，這些弟兄們有的年紀與他差不多，有的大他幾歲，眾人幾乎天天做練習，沒有一刻怠惰，在這過程中，他被教會怎麼使用槍枝、被教會許多的格鬥術、被教會怎麼使用刀，也因為天天與人做練習，他身上的傷口越來越多，而眼神似乎更加的冷，有如冰寒中那被凍起來的湖水，沒有任何波瀾在。

直到他滿十八歲的那天，他被安排與女孩成為同班同學，近距離當她的保鑣。

李奕陽睜開眼睛，回神過來。

他正坐在醫院大樓外面廣場上的噴水池邊，池水因為陽光的照耀，顯得閃爍，就好像裡頭有無數顆金子似的。

他摸向自己的太陽穴，因為記憶甦醒，使得他的頭有些抽痛。

雖然想起了這些記憶，只是腦海中關於那女孩的身影依舊模糊不清，他感到極為納悶，為什麼連那些久遠的小時候記憶他都想起來了，但為什麼關於那女孩的名字他始終就是想不起來？

李奕陽看向四周圍，廣場上有兩位穿著病服的病人，一位是年紀頗大，有著一頭白髮的老伯伯，他拿著拐杖緩慢散步，另外也有一位是有個精神疾病的少女，對著空氣不斷喃喃自語。

李奕陽緩緩起身，拿起一旁的枴杖打算回自己的病房，卻突然有另外一位中年男子坐在他身邊，這位中年男子沒有剛剛那位老伯年紀大，看起來大約五十歲，但黑髮中也有些白髮，李奕陽疑惑看了他一眼，本來打算撐起身子就此離開，那位中年男子卻突然跟他搭話。

「年輕人，你身上有什麼疾病嗎？怎麼會在這就醫？」中年男子朝他開口，李奕陽這才發現自己曾經見過對方，而他腦子也運轉得快，很快就認出對方是上次在復健室裡見到的那位男子，也就是當時站在麗夫人身邊的那位病人。

「我……我失去記憶。」他老實回答。

看著中年男子的側臉，李奕陽發現對方有著一雙深邃的五官，只是因為年邁中年，層層的眼皮垂下，目光渙散，那雙眼睛顯得絲毫沒有生氣一樣，讓他整個人看起來有些虛弱跟頹廢，好像只要強風一吹來，他會隨時被吹倒一樣。

中年男子咳了幾聲，聲音帶了點沙啞，「失憶啊……」

「那老伯您是因為什麼疾病而住院的呢？」李奕陽問。

「人老了，身體難免會有些慢性疾病上身，像是高血壓、高血脂、高血糖等等，集結所有的疾病於一身，可惜無法兌獎。」中年男子語帶玩笑，邊說邊拉起手臂上的袖子，裸露的手部肌膚上有著大大小小的疤痕在。

見到那些疤痕，李奕陽不禁蹙眉，「老伯，你手上這些傷口怎麼沒有一起接受治療？」他想起原先手臂上的那些傷痕全都消失，蘿熙告訴他是因為接受了治療。

老伯搖搖頭，「我年紀已大，不會去在乎那些美醜，就把資源留給需要的人，到了我這種年紀，你就會知道身體健康才是最重要的，其餘都不怎麼重要。」

兩人聊了一陣子，老伯揮手跟他道別，而原本要回到病房去的李奕陽，卻突然想起杜善影曾經告訴過他醫院研究大樓的位置。

好奇心油然而生，他本來想叫杜善影帶他去參觀，但想想他人應該在幫別的病人做復健，不想打擾，於是腳步緩慢移動過去。

醫院研究大樓的一、二樓是可以供外人參觀的，李奕陽走了進去，裡面有一位跟他一樣是來參觀的患者，是一位比他更年輕的少年，看起來尚未成年。

一樓的正中央牆壁上掛著麗夫人的巨大肖像畫，肖像畫的兩側則是貼滿了一堆研究結果，除此之外，也擺放了一些壓克力空間箱，盒中放著一些模型，其中最吸引他注意力的就是人類的腦部模型。

李奕陽看著空間箱裡面的腦子，腦子又分為大腦小腦以及腦幹，腦幹與脊髓相連著，上頭佈滿了許多條神經，腦子的每一塊區域都寫著命名。

正當李奕陽將目光從腦子模型上抽回的時候，附近不知何時站著一位人影，竟然是麗夫人，她正望著自己的肖像看，肖像中的她神清氣爽的，長髮散佈在胸前，胸前戴著一條月亮型鑲著藍寶石的項鍊，而現實中的她卻綁上了髮髻，顯得有些蒼老，估計這肖像作畫的時間是好幾年前的時候了，與現在的麗夫人有著一些時間差。

似乎查覺到對方的目光，下一秒麗夫人抬眸就與他對上了眼，李奕陽有些措手不及，一來是因為不認識對方，二來是因為從杜善影那裡聽聞有關於她的事蹟，他覺得她是遙不可及的偉大人物，不知道該用什麼樣的態度來面對。

李奕陽想起在以前，他的眼中就只有保護女孩這個任務而已，因此不怎麼善於社交，而他也不怎麼在意這塊，在面對不認識的人都以冷漠對待，久了他身邊除了女孩外，根本就沒有其他的朋友。

麗夫人盯著他看，不，應該說是盯著他這裡的方向看，表情有些恍神，似乎沉浸在自己的思緒中。

李奕陽緩慢移動，這才發現原來麗夫人並不是在看他，而是盯著他一旁的空間箱看，頓時之間他感到放鬆，轉身正打算要離開，卻突然想到之前曾經在他腦中有的想法。

不知道麗夫人的眾多研究中，有沒有可以幫助他快速恢復記憶的藥物或是其他方法？開這個口難免令人覺得唐突，甚至是無禮，可是李奕陽真心想找到那位女孩。

於是他做了個深呼吸，往麗夫人的方向走過去。

「夫人您好，可以打擾一下嗎？」他開口搭話。

14

李奕陽雖然簡單介紹著自己，可是簡單幾個字讓他講起話來卻不斷結巴，他莫名覺得緊張，麗夫人雖然有著威嚴，但卻也透露著親和力，此時的她淺笑著，褐色的眼眸凝望著他，沒有任何一點不耐煩，耐心的聽他說完。

「你說你叫李奕陽？我對這名字有印象。」麗夫人說：「你是蘿熙看照的病人，三個多月前醒來的。」

「對，但我卻不知道自己為什麼會在這裡，更不知道先前發生了什麼事情讓我昏迷住院，我想要把所有的記憶都找回，可是想起來的都是些微不足道的小事，最重要的事情反而想不起來。」

他雖然能夠透過日記想起之前與女孩的事情，但卻還不知道自己為什麼會待在這裡，蘿熙更沒有透露任何訊息，只是跟他說所有的一切要自己想起。

「最重要的事情？」麗夫人疑惑看著他。

「我想找個女孩，但我卻忘了對方的容貌跟最重要的名字。」他說。

麗夫人聽了沉默不語。

李奕陽繼續說：「那女孩對我來說……很重要，非常的重要。」

那破碎的記憶引來他的情緒，他莫名覺得難受悲傷，也莫名覺得痛苦，彷彿有人拿著刀子割著他的胸口，想要拿出他的心臟一樣。

他不禁摸向自己的心臟處，喘著氣。

麗夫人凝望遠方，不知道有沒有聽到他所說的內容，最後她開始向前走去，停在一面牆的前方，李奕陽跟著走去。

這面牆上正貼著她將一位沉睡已久的植物人喚醒的醫學報導，這是何等的榮耀，她也因為這件事情被稱為奇蹟女王，被許多記者採訪，但望著那篇報導，麗夫人顯然不怎麼高興，她臉上的表情沒有任何變化。

「你有沒有想過一件事情？或許那些遺忘的記憶對你來說，是個痛苦想忘掉的存在。」麗夫人開口說。

「怎麼會？我跟那女孩相處明明就很融洽，從來沒有覺得痛苦，重要的是——」他眼神有著堅定，說：「她是我喜歡的人，我想找到她。」

麗夫人垂下眼簾，對於這些小情小愛的事情她似乎不以為意，更覺得不怎麼重要，因為歲月的流動，她彷彿經歷了許許多多的歷練，才成就如今的穩重，所以愛情對她來說早已不是重要的事情。

她的目光依舊停留在牆面的報導上，緩緩開口訴說著：「這個植物人，當時因為車禍而被判腦死，他的家人們很傷心，當初參加研究試驗案的時候，那些家人們充滿著期盼，希望他能夠醒來。最後，他確實因為我的研究試驗而醒過來了，但醒來後的他卻責怪我為什麼要把他救回來，那場車禍是他故意跑去給車撞的，因為他想死，家裡的龐大欠債讓他活不下去，想用意外死亡領那些保險金——」

說到這，麗夫人看向李奕陽，「我的研究結果人人讚揚，但不是每個人都抱持著感謝，像這位病患，他反而說我多管閒事，攪和著上天原本就注定讓他走向的死亡。」講到這裡她停頓，看著他一眼，繼續說：「我想說的是——既然你遲遲想不起那女孩的長相跟名字，那就算了吧！怎麼不重新自己的生活呢？你未來的路還很長，不應該執著於那想不起來的過去。」

高跟鞋的踏步聲由遠方響起，在這一樓的大廳間顯得響亮。

蘿熙雙手插在白袍中的口袋，慢條斯理地朝他們走來。

「不好意思，我的病患得回去做檢查了。」蘿熙客套的對著麗夫人說，嘴角有著淺笑，而這笑容卻又散發著冷漠。

麗夫人點了點頭，對著李奕陽說：「多少人想要重新開始自己的人生，這當中又有多少人擁有這樣的機會？你應該好好把握此刻這種難得的機會，過去那些就忘了吧。」

李奕陽跟著蘿熙走回病房，一路上蘿熙安靜不語，而李奕陽則是沉浸在麗夫人講的那段話中。

那位女孩，是否已經忘記了他？

否則他在這裡醒來這麼多天，為什麼她都沒有出現呢？

還是，她發生了什麼意外導致她無法來？

「你怎麼會跑去研究大樓？」回到病房後，蘿熙才開口問。

「看日記看得太悶，想透透氣，隨便走走而已。」李奕陽這麼說。

每日的例行檢查完畢後，蘿熙凝望著他，似乎有話想說。

「妳要跟我說什麼嗎？」見她欲言又止，李奕陽納悶回看她。

「……不，只是覺得你以往都會跟我說些事情，有時候會跟我分享復健師跟你的談話內容，在看日記的時候你也會跟我分享裡面的內容，即使你知道我已經看過，但你還是會說。」蘿熙說：

「其實這事不怎麼重要，也不是說你一定要做，只是我有些習慣了吧！還以為你今天去了研究大樓那裡會有什麼想跟我分享的。」

李奕陽感覺蘿熙對此好像有些失望，不禁淺笑，「原來妳把我當朋友看待。」

「我把每個病人都當作朋友，但若你不想說也沒有關係，我給予尊重。」蘿熙這麼對他說。

「我只是在思考麗夫人所說的那段話。」

他似乎在過去停留太久了，是不是該往前了？

「你的意思是，你不想找回記憶了？」蘿熙凝望著他。

「不，我還是想找回記憶，只是……只是麗夫人的話影響了我，說不影響是騙人的，我好像不應該對過去這麼執著，這麼執著的好像只有我一個人，這顯得我好孤單，我也想過說明明我醒來了這麼久，為什麼那女孩遲遲不來找我？為什麼丟我一個人在這裡？我知道我身邊沒有什麼朋友，只有她，但她為什麼到現在都不肯出現在我眼前？是因為什麼樣的原因不想見我，還是她身上發生了什麼事情？」李奕陽將這些心裡話說了出來，這些話在他心中沉澱已久，他似乎得找個人傾訴才能解悶。

蘿熙的目光一直停留在他身上，她抿著唇，嘴唇張開的想說些話，但最後卻什麼也沒說。

15

最近好無聊，沒事做的我無聊到發慌，本來想找消波塊出去玩但他的傷口還沒有好，人還在休養中。

被爸爸開槍後的他，變得更加沉默了，幾乎不怎麼跟我說話，有好幾次我都是自言自語，他直接把我當作是透明人。

我知道這都是我的錯，我有在反省，也有跟他道歉，可是他就是不理我。

唉，該怎麼辦？我該怎麼做呢？

消波塊他該不會永遠都不理我了吧？

＊＊＊

回到學校後，我莫名被一位不認識的學姊從教室給叫出去，那時候消波塊剛好去廁所不在教室，而我也不想一直麻煩他，更因為自尊心覺得不需要一直被他保護，於是就一個人去赴約。

結果好樣的，原來學長有女朋友了，卻還劈腿跟我交往，這位學姊就是他的正牌女友，兩人只是吵架並沒有分手，我跟學姊解釋說我根本就不知情，但她卻直接拿我問罪，還動手打我。

為什麼所有的衰事都發生在我身上？為什麼我這麼倒楣？先是消波塊不理我，再來是莫名其妙成為了小三，然後又被打，人生第一次流鼻血竟然是這麼丟臉的時刻，我怎麼這麼可憐？

李奕陽想起當時女孩因為這件事而委屈的哭了，她不敢告訴任何人，只敢默默地掉眼淚。

那時候他雖然不怎麼理她，但還是有在注意她的狀況，所以當下他就發現她的反常，主動上前詢問她到底發生了什麼事情，她卻怎麼也不肯說。

「沒有，是我自己走路沒注意跌倒的……」女孩一開始選擇說謊，不敢說出真相。

「妳當我這麼好騙嗎？」他不相信她所說的話。

「是真的。」她倔強，因為說謊眼睛不敢看他。

李奕陽做了個深呼吸，他覺得生氣，忍著心中的怨氣，他面無表情地說：「好，妳不說，那我去問其他人。」

「不要！」女孩抓住他，「你不要去問，真的什麼事也沒有發生，這真的是我自己不小心弄的，你就相信我好不好？」

女孩邊說著，眼眶卻積滿了淚水，隨時會滑落。

她之所以會哭泣有幾個原因，第一是因為莫名成為小三被打而感到委屈，第二是深怕自己受傷了爸爸又會懲罰李奕陽，前不久才害他中彈，下次不知道是不是直接拿刀砍他？第三當然是李奕陽已經很久沒有理她了，她為此覺得好難過。

「破綻滿滿，妳臉上的這傷口明明就是被人打的，妳說這話誰會信？」李奕陽不悅的說。

「那是因為我不想要你再被爸爸打嘛！」女孩大吼，眼淚奪眶而出，一臉可憐兮兮的模樣，讓旁人看了不免開始心疼起她。

這句話讓李奕陽瞬間愣住，腦袋空白了好幾秒，他以為女孩在跟他嘔氣，因為他對她態度冷淡，所以她也故意不理會他，卻沒有想到她每分每秒都在替他著想。

意識到這些，他心中的怒意瞬間消逝，抬起手想輕輕觸摸她的傷口，女孩下意識的閃躲，望著那雙哭紅的雙眼，他不僅覺得心疼，也覺得不能原諒施暴的人。

他聲音放柔，「我帶妳去保健室處理一下傷口。」

女孩聽到那溫柔的聲音，訝異地看著他，她愣住，沒有反應過來，「啊？」

「我說，我帶妳去保健室處理傷口，妳再把事情的經過好好跟我說。」

也許是因為李奕陽異常的溫柔，不只聲音放柔，就連眼神也放柔，讓原本想要遮掩真相的女孩，不禁將所有經過都說了出來。

「原來是三年一班的學姊。」他說，默默咬牙切齒。

「我原本是想要好好跟她說話的，我真的不知道我是第三者，但她什麼都聽不進去直接對我動手。」女孩不免抱怨一番，她抓著他的制服，一臉擔憂的看著他，「這些傷口很快就會好了，所以你應該不會有事的，我不想讓爸爸再毆打你了，上次對你直接開槍我真的快嚇死了，這次你就聽我的話，好嗎？」

李奕陽沒有說話，靜靜的凝望著她。

「因為我想要你一直陪在我身邊……」見到他依舊沉默，女孩趕緊說：「我知道你不喜歡我，那也沒有關係，我不再強求了，我們可以一直是朋友關係，但你要一直在我身邊就是了……」

後來的事情女孩並不知道，李奕陽趁著空檔，直接去三年一班找出了那位學姊，他還是很理性的想要確認事情的真相，偏偏那位學姊天不怕地不怕的，直接在李奕陽面前數落女孩的不是，說她是勾引別人男人的狐狸精、賤女人，把女孩罵得超級難聽。

李奕陽說是學長的問題，女孩根本什麼事情都不知道，然而那位學姊完全聽不進去，指著他的鼻子連他一起罵。

李奕陽瞇起眼睛，憤怒地瞪著對方，見對方似乎沒有任何反省，也不理會對方是女人，以牙還牙、以眼還眼的，使出全力往她臉上狠狠的揍下去，當下就讓那位學姊直接昏迷送醫。

即使之後會被怪罪，譴責說他過於暴力，他也覺得無所謂，凡是欺負女孩的人他絕不輕饒。

因為這是他守護她的方式。

16

女孩希望他能夠一直待在她的身邊。

記憶中，這句話清清楚楚的被李奕陽給聽見了，然而，現在的他卻一個人待在醫院裡，不知道何時才能夠痊癒且離開醫院。

如果說，女孩在等著他，那他是不是得趕快回到她的身邊？

又如果說，女孩根本沒有在等待，那麼他又該怎麼做？是否要繼續執著於把記憶找回？

渴望記憶甦醒的念頭與麗夫人的話就像兩顆大石一樣，彼此磨來磨去，壓得他覺得煩悶，也使得李奕陽的內心產生猶豫。

他此刻到底該怎麼做？他不知道。

李奕陽將看一半的日記暫時擱置在一旁，想專注於復健上，因為不論要做什麼樣的選擇，他都得先讓自己的行動變得便捷，他希望身子趕緊恢復到之前那樣，可以跑、可以跳，就跟正常人一樣毫無阻礙。

當蘿熙來巡病房的時候望見那本日記被放置在一邊，起初她不以為意，但隔天來的時候日記位置絲毫沒有被移動，她不禁感到納悶。

「奕陽，你日記看完了？」她問。

「沒有，但我現在有些混亂，所以先暫時放一邊。」他這麼回答。

「混亂？」

李奕陽垂下眼簾，「我只是想起麗夫人所說的那些話。」他提到他那天在研究大樓所看見的事物，也提到麗夫人對他所說的那句話，這些話在當時他並沒有告訴蘿熙。

蘿熙聽完抿了抿唇，不知道什麼原因，她的表情有些奇怪。

「你不想恢復記憶了嗎？」蘿熙這麼問。

「我當然想恢復記憶，但又覺得麗夫人所言甚是，找到過去那些記憶對我來說到底是好還是不好……這我不知道。」

他就像是迷路的羔羊，需要有人為他指明方向。

李奕陽繼續說：「如果我就這樣帶著混亂記憶離開醫院，不知道是好還是不好……」

「如果帶著混亂的記憶離開這裡，你會更加徬徨。」蘿熙對他說。

她走到放置日記的那個地方，彎身將日記拿起來，走到李奕陽面前將日記遞給他，凝視著他說：「我希望你可以將日記全部看完。」

李奕陽蹙眉，他不解，眼神充斥著疑惑，「……為什麼？」

蘿熙遲疑了幾秒，而後緩緩開口：「你問我為什麼……我……我打從心裡希望你可以恢復記憶。」

「為什麼？」他又問了一次，這一次他的聲音變得沙啞，瞇起眼睛望著蘿熙。

此時，記憶中那位有著模糊身影的女孩漸漸地與蘿熙的身影交疊在一起。

難道，事情真的如他所想的那樣嗎？

那為什麼她要對他隱瞞？為什麼不告訴他眼前的她就是那位女孩？

李奕陽不自覺地抓住蘿熙的手，錯愕地看著她，想從她的眼睛中看出一些端倪，蘿熙顯然被他突來的動作給嚇到，抬眸直直地望著眼前那雙眼睛，她沒有閃避。

「是妳嗎？妳告訴我，那個女孩到底是不是妳？」他用一種懇求以及渴望的眼神看著她，難道他想找的人就在離他這麼近的地方嗎？

蘿熙看著他，先是沉默，她緩緩開口：「所有的記憶都要你自己想起——」

又是這句話？每一次他都妥協，但這一次李奕陽不想再妥協了。

他直接打斷她的話，「妳就直接告訴我是不是妳？是？或不是？」他的雙眸依舊死死的盯著她，不願遺漏她的任何表情變化。

也因為他的情緒突然激動，抓著蘿熙的手不自覺地加重力道，使得蘿熙想要掙脫。

「你抓痛我了，先放開我。」蘿熙沉穩地說。

這時候李奕陽才發現自己抓痛了她，放開她後，蘿熙下意識的後退一大步，拉開了彼此之間的距離，她的手有些顫抖。

當李奕陽以為蘿熙會因為害怕而逃走的時候，蘿熙凝視著他的眼睛，說：「對，是我，你要找的那個女孩就是我。」

李奕陽一臉錯愕看著她，「……真的是妳？」

蘿熙輕點頭。

「那妳為什麼不直接告訴我？」他問。

「我知道你對我感到無比信任，我說什麼你就會相信，但我還是希望你能夠靠自己想起所有的一切記憶，而不是我說什麼就是什麼，有些事情你得自己想起來啊。」

腦部突然一陣的抽痛讓李奕陽下意識的緊閉上眼，隨後他睜開眼睛愣愣地看著蘿熙，又確認了一次，「所以，真的是妳？」

蘿熙點頭淺笑，「對，就是我。」

17

自從知道蘿熙就是記憶中的那位女孩，李奕陽就抓著蘿熙講了很多他想起的回憶，這情形有點像是遇見了一位好久不見的友人，興奮地抓著對方訴說著種種。

「我想起我的這名字是妳取的。」李奕陽說。

「對，李奕陽這名字的確是我取的。」蘿熙點頭，大方承認。

「關於這名字的涵義是什麼？為什麼妳當時會替我取這名字？」

蘿熙的神情有些恍惚，她抿了抿唇，接著對他微笑，「『陽』這個字，不就是陽光的意思嗎？你以前過於安靜，過於沉默，整個人死氣沉沉的，我希望你能像太陽一樣有活力，所以那時候才替你取這名字的吧！」

李奕陽輕點了頭，「那妳還記得有一次在學校——」

他的話還沒說完，蘿熙有些不好意思地打斷他，「我知道你現在很興奮，我的確也很高興能夠跟你相認，但現在我的身分是醫生，我不是只有你一位病人而已，我還有其他幾位病人要去查看，我知道你有很多話要跟我說，但別這麼著急，明天這個時間點我會再來找你，好嗎？」

李奕陽一臉不捨的看著她，「妳明天真的會再來找我？」

「我之前不是天天都出現在你的病房嗎？」她揶揄。

「說的也是。」他不禁笑了。

蘿熙笑看著他，接著拿起一旁的日記本，塞在他的懷中，又說了一次，「好好把日記看完，就當作打發時間吧。」

「好，我答應妳。」李奕陽說，在她面前將日記攤開，過程中剛好翻到被撕掉的頁面。

每次在翻閱日記的時候，他就會看到那些被撕掉的破損頁面，他不明白這是怎麼一回事，但現在他可以得到解答了吧？

因為他不是只有一次有這個疑惑了，既然此時日記的主人就在自己眼前，他乾脆就開口問個清楚好解決心中這個疑惑。

於是他開口，「蘿熙，為什麼日記的頁面有被撕過的痕跡在？」

「喔，那是因為……有些內容不太方便讓你看到。」蘿熙展露出尷尬的表情。

「有什麼好不方便讓我看到的？若要撕，前面對我的真情告白怎麼就不撕掉？那些豈不是讓妳覺得更難為情嗎？」

「唉呦，寫那日記的時候還很小，你也有過那年紀的階段，應該知道那年紀就是天不怕地不怕的，況且時間過了這麼久了，很多事情早就變了。」她抿了抿唇，眼神似乎在閃躲，「先這樣，我去巡病房，你就乖乖待在這裡，可別再跑出去了。」

「好。」

李奕陽目送蘿熙離開。

剛蘿熙提到很多事情早就變了，所謂的變化，是不是也包含她對他的感情？他想知道，卻怕聽到的答案不是他所想要的。

我做了一個決定了。

就算我跟消波塊當不成戀人，那也無所謂，只要他一直在我身邊就好。

雖然被學姊毆打這件事情爸爸沒有怪罪消波塊，但爸爸卻要幫我換了間學校，當然，消波塊也會跟著我一起換學校。

講到轉學，從以前到現在我轉了好多次的學校，數都數不清了，有時候的轉學是因為發生了事情，像是跟人起衝突，但這些衝突幾乎都是我見義勇為而惹上的，雖然爸爸要我低調，可是我實在看不慣有弱小的人被欺負，然而有的轉學則是任何事情都沒發生就會轉學。

仔細思考，我好像每三個月就會轉一次學校，超詭異的，我常常問爸爸我們是不是在躲誰，要不然誰會怕黑社會？誰敢惹黑社會？我們家應該也沒有欠債呀！但爸爸總是沒有正面回答我，總是要我不要問太多。

聽說這一次的新學校在山上，但裡面的設備資源並沒有因為在山上而短缺，而且還有漂亮的美景，我開始期待新學校了。

＊＊＊

我在新學校加入了生物老師所開的社團——生物醫學社團，是跟醫學有關的社團，聽裡面的社員說社團上課很有趣，生物老師曾經帶領學生們一起解剖生物，也解剖過一些器官給大家看，另外還會播放一些跟動物有關的手術影片，聽著學長姊的介紹，我好期待這裡的新社團啊！

更高興的是，消波塊也被我拉來這個社團了，雖然他對這些興致缺缺的，但只要能跟他在一起，我就覺得滿足。

「李奕陽，你的志願是什麼啊？」女孩曾經問過他這個問題，當時的他沉默以對，因為他根本從來沒有思考過這個問題，原本的他就是一條隨時都可以死去的爛命。

在他這爛得要死的人生中會遇到老爺是偶然，老爺讓他得以活下去，並且要他拚死命都要護著女孩的人身安全，他從來沒有想過除了這些，他的生命還可以擁有什麼。

他可以擁有夢想嗎？

但諷刺的是，因為沒有想過，所以他根本就不知道自己能有什麼樣的夢想。

雖然遇到老爺是偶然，但遇到女孩卻是無比的幸運。

女孩當時開心的跟他分享社團發生的趣事，明明他也在社團教室裡面，但他卻讓她逕自的說下去。

「我覺得社團真的很有趣欸！之前的學校怎麼都沒有這種知識性社團啊？如果有的話，我根本就不會選什麼音樂社、舞蹈社。你不覺得生命的世界很奧妙嗎？不同的器官各有著不同的功能，而且地球上的生命有千奇百樣，有些生物還可以因為適應環境而演化出一些特有功能的器官，很神奇欸！」

女孩邊說邊蹦跳著，百褶裙因為她的動作而飛揚起來，所綁的馬尾也跟著晃動，整個人散發著青春與美麗。

「所以，我決定了！我以後想要當醫生！」她握起拳頭，胸有成竹的說：「雖然我知道爸爸的組織內有不少的醫生在，但如果我能盡一份力量，也是一件好事。」

李奕陽將目光從日記中移開，思緒也從遙遠的回憶中離開，他望向房門，剛剛蘿熙就是從房門走出去的。

如今，當時的那位女孩已經達成了她的夢想了，他很是欣慰。

過幾天，蘿熙來病房的時候告知說要抽血檢驗，李奕陽記得上次抽血是他剛甦醒的時候，距離今天已經三個多月了，不疑有他，李奕陽將袖子捲起，露出手臂讓她抽血。

「這一次的血液會抽兩百毫升，可能會有點多，過程中若有不舒服的話可以隨時跟我說，我這邊就會做暫停的動作。」

「好。」

蘿熙熟練的開始抽血，李奕陽感受到血液正緩慢的離開自己的身體。

然而在抽血的時候，他的腦中卻閃過一些畫面，畫面中老爺一臉嚴肅的望著他，張合的嘴似乎對他訴說著重要的事情，而他手上躺著兩顆沾了血的子彈。

他的頭突然疼痛，而他緊閉著眼忍受著這份疼痛。

血？

血似乎透露著什麼重要訊息？

他努力想，卻覺得頭越來越疼，接著蘿熙的聲音讓他回過神，他定眼一看，才發現蘿熙已經抽完了血，抽血的地方被貼上棉花止血，而抽好的血袋正被她拿在手上。

李奕陽緩緩開口，「這血液，是要送到哪裡？」

「你的血會送到研究大樓，醫院有些檢驗儀器都在研究大樓裡面，所以病人的血液檢驗都會送到那棟大樓去做分析。」

李奕陽蹙眉，剛剛望著那些血液，想起以前女孩會固定被抽血，那時候他以為她生病，但得到的回答是因為女孩的血型特殊，所以會有人固定來幫她抽血做儲存，以防日後女孩若發生了什麼事情，便可以將這些儲存的血液拿出來做急救。

他記得每次女孩的抽血量也大約是兩百毫升這麼多，這樣的量相當於是平常的捐血量，而每次女孩都安分地坐在那裡輸血，從來沒有抱怨過，在輸血的過程中，她的表情始終平淡。

他想起當時的他不知道是哪根筋不對，竟然破天荒的為了女孩去學做補血的料理，像是豬肝湯、紅豆紫米等等的料理，這樣的行為根本就不像他啊！

想起女孩第一次看到他所做的紅豆紫米湯時，眼睛瞪得非常大，她感到非常的驚訝，就那樣愣愣地看著他，以為自己是在作夢。

見狀，李奕陽心裡覺得高興，可是他沒有表現出來，面無表情的咳了幾聲，傲嬌的說：「不喝就算了。」

「怎麼可能不喝！我要喝！給我拿來！」她搥了桌子，樂得像是小孩子。

李奕陽揚起笑容，將紅豆紫米湯盛了一碗給她，女孩迫不及待地喝著湯，「下次幫我加湯圓，我喜歡吃ＱＱ的東西。」

「還要求這麼多啊？」他蹙眉。

「好好好，當我沒說，你能做東西給我吃簡直是太陽打西邊出來，我已經覺得知足了。」她狼吞虎嚥地喝著湯，一臉滿足。

雖然李奕陽嘴上這麼說，但下一次他還是在裡面加了她愛吃的湯圓，見到女孩滿臉驚喜樣，他心裡也跟著開心。

蘿熙的聲音讓他從這段回憶中回神，「先這樣吧，我先離開了，明天一樣這個時間我會再來的。」

「等等，醫院這裡有廚房嗎？我是說可以煮東西的工具。」他問。

蘿熙對於李奕陽那突如其來的問題感到疑惑，但她還是回答，「當然不會有這些東西，這裡是醫院，醫院有不少病人在住院，若不幸發生火災後果是很嚴重的，有些行動不便的病人無法順利逃出，所以這裡是禁止烹煮的，也不可以偷煮東西，是會被罰錢的，所有我們吃的東西都是外面送進來的。」

李奕陽點了頭，沒有說話，似乎是在沉思。

蘿熙疑惑看著他，「你會這麼問，是不是有什麼想吃的食物？」

「我只是突然想到妳以前愛吃的食物。」

「我？我以前愛吃的食物？」蘿熙愣住。

「是啊！我還記得妳以前都會在固定時間輸血，每次妳輸血結束，都必須吃些補血的食物，像是——」

李奕陽的話還沒說完，卻被蘿熙給打斷，她笑著對他說：「好了，我們明天再聊吧，我得去研究大樓了。」

「……好。」

然而離開病房的蘿熙，表情卻沉了。

18

又過了些日子，李奕陽終於不需要拐杖輔助就可以行走，可是行走的速度依舊無法像正常人一樣，因此除了復健的時間，他也努力利用其他時間在醫院外頭的廣場上走路，為的就是想要儘快回到以前走路的速度。

春天悄悄來臨，但空氣中還是有些冷意，這樣的低溫對李奕陽來說是個舒適的溫度，比起關在悶死人的病房，他倒是挺喜歡在外頭四處走走。

廣場一樣有著一位老伯伯跟一位有精神疾病的少女，還有一位經常坐在椅子上的中年男子，中年男子每次看到他都會跟他揮手以示招呼，偶爾的時候會跟他聊上幾句。

每次來到廣場，李奕陽都會遇到這幾個人。

走著走著，他再度走到前陣子進入過的研究大樓。

在研究大樓的大廳，李奕陽再度看到上次那位少年，似乎聽見腳步聲，那位少年淡淡瞥了一眼李奕陽的方向，目光冷漠。

牆面上關於麗夫人的研究成果李奕陽上次只是匆匆一瞥，如今他想要仔細地觀看，麗夫人的研究大多都與腦神經相關，在做臨床試驗之前她做了很多動物試驗，所以牆面上也有不少動物試驗的結果。

這時候他發現有個全身都是白袍的人走進大廳，對方手上拿著裝滿採血管的鐵架，他禁不起好奇心而跟著那個人走，穿越過許多迴廊，最後他發現那個人進了電梯，而他因為行走緩慢，來不及跟上，轉頭想要回去原本的地方，卻發現自己迷了路。

李奕陽嘗試著尋找出路，卻彷彿把自己逼進了死胡同中，找不到方向。

當他覺得茫然的時候，他隱約聽到談話聲，仔細聆聽這說話聲是一對男女，他遵循著談話聲靠近，遠遠地就看到麗夫人與一位穿著白袍的男子在交談，見狀，他不禁豎起耳朵，躲在一個遮蔽物的後方。

「跟麗夫人報告，編號０２受試者的血液分析結果已經出來，這是報告結果。」男人的身分應該是研究人員，說著他將手上的文件遞給麗夫人。

麗夫人將報告看了看，臉上沒有任何表情，看完後抬眸看著眼前的男人，開口交代事情，「之前擬定那些試驗條件如常進行，分析的項目跟以往一樣，一有結果再跟我說。」

「知道了。」

麗夫人與男人之間的公式化談話就此為止，兩人抬步往另外一邊方向走去，李奕陽默默跟在他們身後，本來想向他們問路的，但他們腳步很快，他只能眼睜睜看著他們一齊走進了電梯，電梯緩緩上升，最後停留在某層樓。

稍後李奕陽又在裡面繞了繞，這一次他遇到另一位穿著白袍的工作人員，那名工作人員跟他指路，他才能夠回到原本的一樓大廳。

李奕陽在研究大樓的一樓大廳逗留許久，幾乎將麗夫人所有的研究成果都給看了遍，除了研究成果外，當中還有些文章提到她在高中的時候就立了志向，要走醫學研究，雖然當時家人希望她能夠繼承家業，但是她對家業沒有任何興趣，堅持要走研究這一塊，也因為如今有了這些成就，家裡的人都給予支持。

「嘿，沒想到會在這裡見到你。」旁邊突然傳來聲音，李奕陽轉頭一看，是杜善影。

他咧嘴笑，「你是因為我上次跟你說的話才來這裡的嗎？」

「……也不全然是。」

李奕陽的回答讓杜善影聳肩，顯然一點都不在意，他望著眼前那些文章，淡淡吐出一句，「這文章有些內容是假的。」

李奕陽挑眉，「假的？」

「我不是指她的研究內容是假的，而是上面關於她的身世是假的，麗夫人的雙親很早就已經過世，才不是上面所寫的什麼家人都給予支持，她孤身寡人的沒有什麼家人，年輕的時候雖有不少追求者，但她都沒有接受，因此現在還是一個人，所以哪來的家人可以給予支持？不過我懂，文章總是要有一些善意的謊言，但這並不影響人們對她的崇拜。」杜善影說。

「……這些事你怎麼知道？」

杜善影笑了笑，「因為我是她的頭號粉絲呀。」說完還俏皮的眨了眨眼睛。

每次跟著杜善影做復健，他開口閉口談的都是關於麗夫人的事情，有些事情重複說過自己還渾然不自覺，而李奕陽就這樣放任他逕自地滔滔不絕，反正自己本來就話少，這樣一直聽著他說似乎也不錯。

只是對於麗夫人，他雖然對她的研究有著好奇，但對她這個人並沒有多大的興趣。

而聒噪的杜善影不自覺在原先麗夫人的話題裡提到了蘿熙，這讓李奕陽豎起耳朵仔細聆聽。

「麗夫人對蘿熙挺好的，就像是媽媽對女兒那樣的關懷與照顧，而且麗夫人似乎有打算把畢身所學的事物都傳給蘿熙，蘿熙你跟她相處過，你應該知道她也是個聰明的女人，她當年在醫學系可是第一名畢業呢。」說完這些話後，他看向李奕陽，表情突然變得有些趣味，「欸，看你的表情，你該不會對蘿熙這女人感興趣吧？」

「我——」李奕陽語塞。

「我懂，關在這裡難免都會沒事找事做的，不然你會悶得發慌，只是蘿熙嘛……你最好只把她當做醫師看待就好，可不要對她抱有男女之情。」

「怎麼說？」李奕陽聽了覺得納悶。

杜善影看了他一眼，「她啊……心裡早就有了別人，任何男人對她的追求她都拒絕，我有個同事前陣子才被她拒絕而失戀呢，大家不免都在猜，這麼冰冷的女子到底喜歡誰啊？」

李奕陽不再說話，但卻暗自高興。

因為蘿熙就是他在找的那位女孩，而那位女孩喜歡的人一直以來都只有他而已。

19

因為雙腳已經能夠自由行走，李奕陽特地請杜善影替他準備一碗紅豆紫米湯圓，也不知道杜善影怎麼弄來的，反正他就是替他弄了一碗紅豆紫米湯圓，而且還是熱騰騰的。

然後李奕陽欣喜將其帶回病房，打算等蘿熙來找她的時候送給她一個驚喜。

當年女孩一臉滿足的吃著他替她準備的紅豆紫米湯，白皙臉頰上的紅潤始終揮之不去，不知道是因為紅豆紫米湯太燙而讓她臉紅，還是因為她對他的喜歡而讓她臉紅？

總之，她滿臉幸福的享受著那份湯品，在飲用的同時還時不時的偷偷凝視著他，時不時的偷笑。

「李奕陽，你手藝真的很好。」女孩說：「你有沒有想過以後要當個廚師？」

他無言地看著她，「別想這些有的沒的，趕快喝完，喝完記得把碗洗乾淨。」

「我是說真的，上次問你你說你沒有什麼夢想，那就當廚師看看，你覺得如何？這樣一來，我以後的三餐就交給你搞定了，嘿嘿。」

李奕陽無奈的看著她，輕搖了搖頭，只是這句話卻不自覺的被他記載在心中深處。

然而，事情並沒有想像中美好，他哪有什麼機會可以學廚藝？保護女孩的安危就是他每天的目的，他根本就沒有什麼多餘的閒暇時間可以搞這些，但偶爾的時候，他會做些簡單的甜品給女孩吃，女孩每次都很捧場的要他再多煮點。

想到這些回憶，李奕陽不禁期待著蘿熙等等的反應，不知道會不會像以前那樣，一知道這是他替她準備的，她就滿懷雀躍的盯著他看。

可是，蘿熙的反應並沒有他想像中那樣，看著那碗甜湯，她微微蹙眉，臉上沒有任何反應，淡淡的說了聲謝謝。

「我記得妳以前喜歡吃。」李奕陽說，蘿熙的冷淡反應讓他覺得心裡有些受挫，可是回想起以前高中的時候，女孩都是追著他跑，而他都不理會對方，現在兩個人的角色倒是顛倒了過來，這讓李奕陽覺得有點哭笑不得。

「以前是以前，現在是現在，人本來就是會變，我現在比較少吃甜的東西，但還是謝謝你的這份心意。」說完後，蘿熙低頭看著手上的報告，「你抽血檢驗結果出來了，有些紅字，但無傷大雅，多補充一些營養素就好，另外我有跟你的復健師說要加強你的訓練，從現在開始可以試著做一些運動看看。」

「好。」

蘿熙給他的態度好像始終都只把他當作病患一樣的看待，兩人以前明明是彼此喜歡，難道現在的蘿熙已經對他沒有感覺了嗎？既然如此，他又怎麼會從杜善影那邊聽到她心裡已經有人的這件事情呢？

還是，她心裡的那個人，早已經不是他了？

一想到這，李奕陽覺得胸悶，卻只能暗自忍下這種不舒服感。

「我今天跟杜善影聊天。」

「哦？你們聊了些什麼？」蘿熙挑眉。

「他這個人好像很崇拜麗夫人，每次見到面都跟我講關於麗夫人的那些偉大事蹟。」

這句話讓蘿熙不禁笑起，「我好像可以想像他跟你聊天時，你滿臉無奈的那畫面。」

見到蘿熙臉上難得有的笑顏，李奕陽的目光不禁在上面多停留幾秒鐘，發現自己一直被盯著看，蘿熙裝作沒有發現這件事情，淡淡的笑著，直接將話題轉到杜善影身上，「杜善影這個人，很吵吧？」

「是有一點，但是……這沒有不好。」他說：「妳也知道我這人的性格比較孤僻也比較安靜，在這裡除了妳以外還能有個說話對象，蠻好的。」

「這樣就好，我還以為他造成你的困擾了。」

「沒有這回事。」他這麼說。

「那就好。」

「對了，有件事情我想問妳，妳爸爸人呢？」

「啊？什麼？」蘿熙愣住。

李奕陽換個說法，「老爺人呢？」

聽到這個詞後，蘿熙的臉色突然變了，她抿著唇，垂下眼簾，最後一臉沉重的搖了搖頭。

話題終止的很突然，因為突然有人在房門外呼喊蘿熙，而蘿熙應了聲後，直接離開這裡。

留下的李奕陽覺得納悶，不明白剛剛蘿熙的反應。

他有種感覺，他覺得蘿熙似乎對他隱瞞了一些事情，這樣的感覺從他剛甦醒一直到現在，從來沒有減少過。

老爺人呢？

他現在人在何處呢？

跟他一樣在醫院裡接受治療嗎？那為什麼沒有遇見他？

一想起這位可怕的人物，李奕陽身子不禁顫抖，對於老爺，他是出於本能覺得畏懼與尊敬，畢竟當時因為沒有保護好女孩，他身上不知道被他製造出多少傷口來，雖然這些傷口在他醒來後早就都看不見。

因為沉浸在自己的思緒中，他完全沒有發現蘿熙在離開的時候忘了把紅豆紫米湯圓帶走，而這碗甜湯就這樣被放涼了。

20

我跟爸爸開口說我以後想要當內科醫生，爸爸沒有支持也沒有反對，但卻丟給我一句話：妳的腦子好嗎？

這什麼意思啊？這麼看不起自己的女兒，真是討厭，但往好處想，至少他沒有反對我。

今天我又被抽了血，身體虛弱的躺在床上，每次被抽血都覺得自己好像實驗品一樣的被對待，若我將來成為了醫師，是不是也要這樣對待病人？

但生病的人需要醫生，而醫生替病人把病治好，我想幫助人，所以我才想當醫生。

立下這個目標後，我開始努力念書，消波塊老是說他沒有什麼夢想，我就逼他跟著我一起念書，這樣至少我們可以在同一間大學。

＊　＊　＊

我們社團老師人美又聰明，在下課的時候，我總是喜歡抓著她問一堆問題。她不僅是老師，學歷也高，同時正在就讀生醫所的博士班，知道我想當醫生的這個志願後，很鼓勵我。

她問我，為什麼想要當醫生，我說我想要幫助人。

經由聊天，我知道她所就讀的學校，剛好就是我的志願，如果加把勁，我就可以跟她唸同一所學校，這樣的話我們就是學姐學妹的關係了。

李奕陽，如果我真的如願當了醫生，這樣如果你以後為了保護我而不小心受傷，或是被我爸爸弄受傷，那我就可以幫到你了。

記得在高三的時候，女孩的個性徹底受影響而轉變了，從原先的任性驕縱變得乖巧，她不再像以前那樣為了要見義勇為而到處惹事生非，因此李奕陽也不用為了保護她而受傷。

女孩為了要考上醫學院，開始認真讀書，她不再貪於玩樂，把以前的玩樂時間通通都拿來念書，可想而知，經過努力後，在一次的模擬考她拿到了滿分。

為此她高興的抱著李奕陽，差點又跳又親的，李奕陽雖然冷靜地看著她，但實際上打從心裡替她開心。

只要她開心，他也覺得開心。

而女孩的優異成績也吸引了好人緣，其中異性的比例佔多數，這一次的異性緣不再像之前那樣沒有任何修養只貪於玩樂，而是一位成績都位在全校前三名的資優生。

這位資優生的接近讓李奕陽內心感到不悅，可是他態度依舊跟以前那樣，只敢默默喜歡她，不敢干涉什麼。

女孩當然也有把資優生追求她的事情告訴他，看著女孩那有著期待的表情，她知道她想從他這邊聽到什麼話。

然而他只是淡淡地說了一句：「跟他交往，或許更容易達到自己的目標，因為兩個人可以一起扶持、一起努力、一起達到相同的目標。」

女孩聽到他的話後表情變得黯淡，他知道自己的話再度傷了女孩。

「李奕陽，雖然我說過我們可以不用在一起，我可以不跟你當戀人，只要你永遠待在我身邊就好，就算用朋友的角色相處一輩子也沒有關係！但為什麼你不斷地把我推給別人？我知道你也喜歡我，為什麼你就不能為了我而勇敢一次？」

他想，他當然想。

可是他憑什麼？

論身世，他是個父母不要的孤兒；論聰明才智，他只是個平庸之輩；論外表，光是一副帥氣的皮囊有什麼用？皮囊會隨著時間而老化，根本無法比較。

他與這位資優生相比，簡直差多了，他輸得徹底。

女孩快要哭出來了，眼眶泛淚，她咬著唇，下嘴唇因為被用力咬著，幾乎快要見血。

「你知道我為什麼想要當醫生嗎？」女孩問，水汪汪的眼睛凝視著他。

他回答：「……妳說妳想要幫助人。」

「對，我是想幫助人，但我真正想幫的人是你！如果你在我眼前受傷流血，如果爸爸又因為什麼原因而讓你吃子彈，那我是不是就可以馬上對你做急救？我是不是可以馬上判斷說你的身體要施打什麼藥物？要怎麼做止血止痛的動作？是不是就可以不用等救護車來？而你承受痛苦的時間是不是就會因此而縮短個幾分鐘？」說到這，女孩的聲音將近怒吼，眼淚就這樣奪眶而出。

「你明明知道我喜歡的人是你！我做什麼決定都是為了你！都是因為你！可是你卻……你卻……」她抹去眼淚，惡狠狠地瞪著他，「你就這麼狠心想把我推開嗎？」

「可是我什麼都沒有……」他說，感到悲哀。

「你什麼都沒有……難道這些事情我會不知道嗎？我知道！我很早就知道了！我知道你無父無母，我知道你從小就被我爸爸撿來養，但那又怎樣？我還是喜歡上你，因為我根本就不在乎那些，你到底要我證明什麼？難不成，要把我的心挖出來做證明嗎？」

女孩赤裸裸的心意攤在他的面前，她對他的感情如此深，有好幾次他都為之動容，想拋開一切奔到她的身邊緊緊抱住她，可是每當他想這樣做的時候，腦中就會浮現老爺的身影。

老爺雖然沒有明說，但他心中不用想也知道這是不可能的事情，他怎麼可能奢求自己能夠跟女孩交往？

見到他遲遲呆愣在原地沒有任何動作，女孩忍不住大吼：「李奕陽！我討厭你！我討厭你我討厭你！」

丟下那句話，女孩轉身跑走。

而他，依舊膽小，依舊連追上去的勇氣都沒有……

21

為什麼喜歡一個人這麼累?

我不想跟任何一個人交往了。

以前那些的胡亂交往，都是為了氣李奕陽，我根本就沒有喜歡上那些臭男生，我喜歡的人依舊是李奕陽，這個臭消波塊!

面對資優生的追求，我跟他說我們比較適合當朋友，若交往了，因為談戀愛而影響成績不是本末倒置嗎?雖然這只是我拒絕他的藉口而已。

就算上了大學，我以後也不會跟任何人交往。

就算出了社會，我也不會跟任何人交往。

就算到了適婚年齡，只要我心裡還有李奕陽的一天，我就不會跟任何人在一起。

喜歡他，真的讓我好累，但偏偏我又無法不喜歡他，他的任何動作都會牽引著我的情緒，想忘根本就忘不了。

好討厭這樣。

李奕陽，你為什麼讓我這麼喜歡你？

所以，蘿熙現在對他態度若即若離的，是他的報應嗎？

因為她覺得喜歡一個人太過於沉重、痛苦，不如就乾脆一個人度過餘生？

意識到這些，李奕陽感到內疚，當時是他將她推遠的，他又怎麼能夠讓對方趕快接受他？

但蘿熙曾經說希望他趕快恢復全部的記憶，不就表示她的心裡也有著他嗎？否則，她又怎麼會這麼希望她趕快恢復記憶呢？

雖然他的記憶已經恢復了七八成，可是他清楚這些記憶的時間停留在他二十二歲的時候，這個分界點之後的時光，他像是尚未參與過一樣，毫無印象。

就連他當時出了什麼意外導致昏迷而在這間醫院接受治療，他也不清楚。

李奕陽曾經試著用力想起這份記憶，可是每當他用力地想要想起，他的頭就會抽痛，彷彿有個聲音要他別再想了。

在他昏迷後的這段時間，女孩如願當上了醫師，現在化身為光鮮亮麗的蘿熙出現在他面前，這中間空白了好幾年的時光他都未曾參與，但起碼，讓他可以想起那件意外，讓他能夠更參與著女孩的人生，這樣至少讓他覺得彼此之間的距離拉近一些。

「蘿熙，妳還是不能告訴我當時出了什麼意外讓我昏迷嗎？」他不是第一次問蘿熙這個問題，只是每次蘿熙都不願意回答他。

果真，蘿熙再度搖搖頭，這讓李奕陽感到灰心。

蘿熙輕吐口氣，眼睛凝望著他，「老實說，不是我不願意告訴你，而是我也不清楚，當時我並沒有在你身邊，所以你就別問我了，我是真的不知道。」

「妳沒有在我身邊？」他聽了蹙眉。

「對，我當時不在你身邊。」蘿熙又說一次，「如果想知道，你得靠自己想起才行。」

過往，他的目光應該一直都在女孩身上的，因為他要保護她，既然如此，他怎麼可能不在她身邊呢？

他再度用力地想著，想起似乎在佈滿大雪的黑夜中，他一個人孤零零的躺在那寒冷裡面動彈不得，而身上的力量正一點一滴的流失著。

頓時之間，他睜開眼睛，神情恍惚的看著蘿熙。

蘿熙凝望著他，沒有發現他的不對勁。

「這麼多年過去，妳還喜歡我嗎？」他突然這麼開口問她。

蘿熙瞪大眼睛，顯然被這問題給弄得愣住，她的眼神中有著錯愕，似乎沒有想到李奕陽會這樣直接開口問她。

幾次的交談，還有上次那碗她忘記的紅豆紫米湯圓，她明顯感覺到李奕陽對她的心意。

只是……

「對不起。」她這麼說。

果真如此吧？因為曾經喜歡得太深、付出得太多，卻傷得太深，所以她不敢再接受感情了，即使對方是當時喜歡的那個人，她也覺得心累了吧？

「不，該說對不起的人是我。」李奕陽說，他垂下眼簾，覺得自己錯過太多。

如果那時候的他早點接受她的心意，他們不會有如此的下場。

蘿熙凝望著他，「你不用跟我說對不起，這不是你的問題。」

「是我的問題，如果當時我不把妳推開，現在的我們——」

「但那只是『如果』，人生中本來就有很多如果了。」蘿熙說著，思緒似乎飄到了遠方。

李奕陽看著她的美麗臉龐，直接開口，「如果現在的我還喜歡妳呢？」

蘿熙看著他，抿著唇，神情複雜。

李奕陽曾經想過無數次，如果自己出身平凡，有個健全的家庭，有著普通的身分，那麼他是不是就可以沒有那些顧慮而接受女孩的心意？

只是在擁有這樣條件的前提下，他還能夠幸運的遇見她嗎？而她依然會對他動心嗎？

不管怎樣，他們彼此就是錯過了。

「抱歉，我們現在就只是醫生跟病患之間的關係。」蘿熙這麼對他說。

「連當朋友也不能？」

「不，當朋友當然是可以。」她對他微笑，表情有些為難，「只是如果要進一步的話——」

「我知道，妳放心，我不會造成妳的困擾，就只是朋友。」李奕陽這樣對她說，心中覺得心灰意冷，但他願意接受這樣的結果。

他想，現在的他之所以會緊抓住那些已經流逝掉的感情，其實就只是把它當作是浮木看待罷了，他就像是被放逐在孤寂大海上毫無方向的漂泊著，不知道該往哪兒去，而此時有個舊朋友在身邊，說穿了，他會緊抓住也只是想要有個安全感。

蘿熙，就是這一塊浮木。

22

我如願以償的考上我的志願，也就是醫學系。
爸爸好好笑，自掏腰包請一堆哥哥們吃飯慶祝。
這些哥哥叔叔們看到我都很白癡的說：恭喜小姐！賀喜小姐！
哈哈，好矯情哦！
雖然我達成我的目標了，我是該高興，可是一想到李奕陽，我卻笑不起來。
我是為了誰而這麼努力的？
我始終都是為了那個人，但他卻將我推了開。

下一頁的日記被撕掉了一整頁，蘿熙說會撕掉是因為難為情的內容，可是看著日記那些前後文，李奕陽推測不出內容會有多難為情，反倒比較像有什麼秘密要隱瞞。

但是想起當時的女孩，他實在推測不到她會有什麼秘密需要隱瞞。

黑社會千金的身分嗎？這件事情他知道，日記上也有提到。

蘿熙說希望他可以恢復全部的記憶，但卻將一些日記的頁面撕掉，這樣豈不是很矛盾嗎？還是說那些撕掉的部分，對他來說無關緊要？

他將日記闔上，目測著日記的厚度，目前他已經看了三分之二左右。

李奕陽思索了一陣子，他用最快的時間將日記給讀完，後面的日記內容依舊是女孩的自白以及對他的思念，全然沒有提起他為什麼會發生意外的事情。

蘿熙為什麼希望他可以將日記讀完？她到底要他看什麼？

日記的確有讓他恢復記憶，但最重要的事情他反而依舊沒有想起。

他更想起女孩原本的名字根本就不是叫蘿熙，而是叫余珊娜，那麼現在為什麼改名叫蘿熙呢？這點倒是不難猜，他想應該是因為身分敏感而改名的。

李奕陽在病房內思索了一陣子，決定向醫院申請外出，他打算回到以前與女孩一起待的那棟別墅去看看，說不定可以找到什麼蛛絲馬跡來，與其看日記，不然前去以前待過的地方，這樣或許更能幫助記憶的恢復。

然而，當他告知護理師他要外出的時候，護理師卻告訴他說他不能離開醫院，理由是他被醫院列為觀察對象，不可以隨意外出，只能在醫院裡面走動。

「觀察對象？妳會不會搞錯了什麼？我只是個病人而已，怎麼可能是觀察對象？而且我已經可以不需要靠輔具走動了，為什麼不能外出？」李奕陽覺得自己根本被囚禁在這裡，他很不悅。

「李先生，很抱歉，這是上面的規定。」護理師說。

處理他申請文件的護理師表示這是上層人員的指示，她只是聽命做事，他又丟了幾個問題出去，但這位護理師將這些問題通通推給上層，讓他感到百般無奈。

這件事情很快的就傳到蘿熙耳裡，她來到他的房間，跟他解釋為什麼他會被醫院列為觀察對象。

「你之所以被醫院列為觀察對象，是因為你從長眠中甦醒，外面的世界已經不是你所想像的那樣，況且雖然你已經會走路了，可是無法走長路吧？無法跑步吧？你還是需要定期休息的啊！如果遇到什麼樣的危險不知道該如何反應，那怎麼辦？」

蘿熙的話沒有說服到李奕陽，他蹙眉看著她，「那妳應該知道我以前過的是怎樣的生活，我不是一般人，當時為了保護妳，我被妳爸爸的組織教會怎麼使用槍枝、被教會怎麼使用刀，妳怎麼還會以為我遇到危險不知道該怎麼反應？在妳眼中，我沒這麼弱吧？」

「都過了這麼多年，你的反應應該沒有以前快吧？我剛說過，這世界已經不一樣了。」蘿熙嘆口氣，見到他依舊固執，她決定把態度放軟，「抱歉，我不是這個意思，我也沒有要貶低你或是看不起你，我只是擔心你會出事……」

「我怎麼可能會出事？」他看著她，因為她的話無法成功說服他，接著李奕陽吐出這些日子的心聲，「我覺得我好像被你們關著，雖然我可以自由進出病房，可以走到廣場上，但我所能走的地方也就只有這樣而已，我不能離開醫院，這裡沒有電視、沒有電腦，我也沒有手機可以用，所有能跟外界通訊的工具只有你們才有，我所得到的訊息都是透由你們跟我分享，僅此而已，我想知道更多，卻沒有辦法。」

確實，從清醒到現在，李奕陽一直過著有如被監禁的日子，他曾經開口跟蘿熙借手機使用，或是想要使用電腦逛網站，但蘿熙卻說他的身子不能夠碰觸有電磁波的東西，因此醫院這裡沒有電視、沒有電腦，沒有任何可以連上外頭的東西，待在這裡就好像待在一個封閉的世界裡，與世隔絕。

接著，李奕陽問了一個很匪夷所思的問題，「妳老實回答我，這裡真的是醫院嗎？」

蘿熙拿起自己的識別證，似乎不想露出任何破綻的神情堅定，「這裡當然是醫院，這是我的醫師執照，醫師能待的地方就只有醫院，不是嗎？」

李奕陽蹙眉，一臉不相信的表情，「那麼，我有個問題妳能回答我嗎？」

「你問。」

他提出一個困惑他許久的問題，「如果這裡是醫院，那麼為什麼我每次看到的病人都只有那幾個？」

每次在廣場，他看到的病人都是一位老伯伯、一位有著精神疾病在自言自語的少女，還有一位偶爾會跟他聊天的中年男子，而幾次在研究大樓的大廳，他都會看到那一位面無表情的未成年少年，彷彿他們都固定待在那些地方扮演著他們應該要扮演的角色，彷彿被人規定不准離開那裡。

蘿熙試著解釋：「那個只是剛好——」

李奕陽打斷她，這還是他第一次打斷她的說話，「那妳呢？妳不是說妳的病患除了我以外還有別人嗎？這些『別人』是誰？我在醫院待這麼多天，除了我剛剛說的那些病人外，加上護理師、復健師，還有一些研究人員，零零總總加起來不到二十人的人數，然後妳跟我說我們待在一間大醫院裡？這要我怎麼相信？」

這裡真的是醫院嗎？他不相信。

這棟白色建築物好像囚禁之城一樣，將裡面的人困住，阻隔外頭的一切資訊，李奕陽甚至猜想著在這座城堡外頭，是不是有人從頭到尾都在觀察著他們……

而在裡面的他們，究竟被隱瞞了什麼樣的事情？

蘿熙被李奕陽的問題弄得啞口無言，她試著想要繼續開口解釋，但李奕陽態度依舊，他就是要離開這裡。

最後甚至拿出了日記本，李奕陽冷若冰霜地看著她，「妳說妳要我把日記看完，我誠實的告訴妳，我把日記一字不漏的看完了。妳到底要我看什麼？」

蘿熙咬著牙，表情變得難看。

眼前的她，曾經用著期盼的語氣說希望他能把日記全部看完，口口聲聲說是希望他能夠找回全部的記憶，但李奕陽清楚知道這是藉口，蘿熙只是希望他能一直待在這裡，而不要有想外出的念頭產生。

但這是因為什麼原因？

23

「妳很矛盾，妳說妳希望我可以恢復全部的記憶，但給我的日記本卻被撕過，確實，我因為這本日記恢復了不少記憶，我也知道我們的關係不可能回到從前，這都沒有關係，可是妳不能把我關在這裡，蘿熙……不對，珊娜。」李奕陽看著她，「余珊娜，我想起這是妳真正的名字，大致上我可以猜到妳改名成蘿熙的原因，我並不是奢望妳告訴我這事，而是我總覺得妳好像對我隱瞞了很多事情。」

蘿熙咬著牙，神情複雜。

李奕陽見到她看起來為難，於心有些不忍，說：「或者，我用另外一個說法，蘿熙，妳之所以讓我待在這裡，是不是想做什麼事情？妳是不是有什麼目的想要達成？如果有，妳直接開口跟我說，我能盡我所能的幫妳。」

蘿熙垂下眼簾，她抿著唇，眼前有一度是渙散毫無對焦，最後她輕嘆口氣。

抿著唇，她最終緩緩的開口，「你有聽過『再生血人種』嗎？」

李奕陽蹙眉，表情不解的搖頭，「我沒聽過，那是什麼？」

蘿熙看著他，神情嚴肅的緩緩道來，「遠古人類有許多人種，像是南方古猿人、直立人、尼安德塔人等等，而隨著演化過程，多數人種在演化期間不是被消滅，就是血脈被基因強大的古智人給同化，不過偶爾還是會出現反古現象的人，這些人身上流著早已式微的血脈，擁有這些血脈的人傷口恢復速度比正常人來得快速，如果傷口嚴重，像普通人可能要一個月時間才能修復的那種程度，這血脈的人可以在一星期左右的時間就完全復原，復原的速度決定於傷口嚴重的程度，另外，這血脈的人外表永遠保持著年輕模樣，壽命也比正常人還要長，如果不特別說，外表看起來真的會以為他就是一位普通人，這就是所謂的『再生血人種』。」

聽到這些，李奕陽的腦中突然又閃過幾個片段畫面，摀著抽痛的頭，他緊皺眉，眼睛緊盯著蘿熙。

「……妳到底想說什麼？」李奕陽問。

蘿熙做了一個深呼吸，原本平緩的情緒變得有些激動，她壓抑住激動，繼續說下去：「擁有這血脈的人長期被政府觀察研究，畢竟有這樣的人出現在研究單位面前，一定會想好好研究關於再生與不老。」

李奕陽聽到這裡像是意識到什麼事情般的張大眼睛，他用不敢置信的神情說：「……妳的意思是……我是什麼再生血人種？所以妳不希望我離開醫院？」他輕笑一聲，覺得很荒唐，「別說笑了，這怎麼可能？我怎麼可能是……」

「嗯？」

蘿熙看著他，不直接回答他的問題，反而一臉正經的凝視，「記得我上次抽你的血嗎？」

「這些血液除了拿去分析，我也拿去給研究人員做動物實驗了，他們將一隻白老鼠關進二氧化碳裡面做犧牲，當白老鼠昏昏欲絕陷入長眠的時候餵了你的血，結果你猜怎麼？結果那隻白老鼠又活了起來。」

「這怎麼可能？」李奕陽愣住。

「我說的是實話。」蘿熙說。

「所以我因為這樣而被列為觀察對象？」

蘿熙點點頭，又說：「還有，你猜得沒有錯，這裡其實不是醫院，是一間大型研究室，專門在做人體試驗的臨床研究所。你所看到的那幾位病人不只是病人，同時也是研究受試者，那位老伯伯罹患癌症，在兩年前本來已經被醫生宣告時候不多，可是他能活到現在，原本末期的癌症經過診斷後便成了第二期；那位有著精神病的女孩，被試驗後沒有顯著效果，還是一樣瘋瘋癲癲的，目前還在觀察中；那位小男孩，他是漸凍症患者，因為運動元神經異常而有的疾病，可是他似乎有漸漸好轉的跡象；還有偶爾跟你談話的那位中年男子，他是洗腎病患，我們發現他血液中的毒素濃度值漸漸降低，洗腎的頻率可以大幅下降。」

「都是因為我的血？」李奕陽聽了錯愕。

蘿熙搖頭，「不全然是，有的是用血，有的是用你身上的幹細胞進行異體植入，這部分也還在研究中……他們那些人包含你都是麗夫人研究的觀察對象，都不允許離開這裡，因為研究當中不能有任何的變數，如果你離開研究所去了外面，遭遇到任何不預期的變數，深怕收集到的數據就會有些不準確……」

李奕陽閉上眼，強迫自己接受這突如其來的龐大訊息，蘿熙之所以會把他當作朋友對待、會耐心的聽他說話、會時不時擔憂著他的身體狀況，都只是因為他是麗夫人的研究受試者？從頭到尾，他只是觀察對象而已？

他感到難受，有股悲傷從內心深處湧了上來，似乎好像可以體會到當時女孩一而再再而三的被他拒絕後的心情，滿懷期待以為會有不同的結果，可是往往等到的都只是失望與絕望，宛如活力色彩被染黑了一樣，無法再恢復原先的鮮艷顏色。

24

從那天之後，李奕陽變得更加沉默，幾乎不再開口說話。

他就好像回到了原本剛毅冷漠的他，臉上沒有任何的表情，每當蘿熙來到病房看他，他就刻意不與她對上眼，也不與她交流，目光只是直直地盯著窗外的景色，假裝自己在想事情，實際上是刻意避開接觸。

夏天來臨，但這裡感受不到他以前體會過的高溫生活，氣溫依舊舒適，偶爾來的風吹得涼爽，讓他似乎連一滴汗都沒有流過，也讓他懷疑他現在所處的研究所是不是建立在高海拔的地區。

在他沉澱心情的這段時間，有些記憶也漸漸被他想起。

他想起曾經有一次的體能訓練是被丟進泥濘中玩漆彈，穿上化為叢林一角的迷彩衣，放輕腳步的拿著槍把接近敵人，他的觀察力十足，眼力很敏銳、聽力很靈敏，沒有多少時間便將敵人一一淘汰。

那時候是炎熱的夏天，空氣潮濕極悶，足以讓他的皮膚凝起一片薄汗，加上偶爾混在泥濘中，髒黑的泥土加上汗水黏在身上，說有多不舒服就有多不舒服，他咬牙繼續忍耐著這難受。

耳機傳來聲音：「黃隊僅剩一人，紅隊僅剩兩人。」

他是屬於紅隊的，可是整個遊戲地區幾乎被他與隊友仔細檢查過了，就是沒有看到黃隊的人。

接著他聽到槍聲，被擊敗的隊友經過他的身邊，丟下了一句話：「是小姐。」

「啊？」他愣住，沒想到女孩也進來玩了。

這下子不知道要不要選擇放水，因為不管放水與不放水似乎都會讓女孩感到生氣。

……雖然他好像常常惹女孩生氣就是了。

李奕陽再度小心翼翼檢查每一棵樹、每一顆大石後可以躲藏人的地方，都仔細找過一輪了就是沒看到，他眉頭一皺，看著眼前的骯髒泥水。

不會吧？

一隻小手突然從泥水裡伸出，他傻愣看著有一道烏黑身影從泥水中闖出——

而在他正猶豫要不要朝著這身影開槍的時候，他的肩頭中了彈。

一個全身漆黑的小泥人在他眼前跳躍，露出潔白的牙齒與黑白分明的精明雙眼，在他面前比了個耶的勝利手勢。

李奕陽還真沒有想到女孩會躲在這連男生都不想躲的地方，所以他輸得甘拜下風，毫無怨言，伸手揉了揉被漆彈打到的地方。

「跟你們說！敵人往往會躲在你們想不到的地方！你們太遜了！得多磨練磨練才行！」簡單擦掉臉上泥土的女孩，雙手盤在胸前，抬起下巴展現著高傲，當起教官對他們訓話，「這就跟很多懸疑作品的情節一樣，真相往往都是令人意想不到。」

想當然，比起老爺的訓話，女孩的訓話顯得就像是扮家家酒一樣，不過也因為這一次，讓眾人開始對女孩刮目相看，不再認為她是嬌生慣養的大小姐，本來就對她疼愛有加，變得更加疼愛，把她當作自己的女兒或是妹妹看待。

也因為女孩與每位弟兄們相處得好，都會親暱的稱呼他們為哥哥，所以這些弟兄們也都知道女孩的意中人是何人。

「奕陽，你為什麼不接受小姐的心意呢？你可別說你不知道她喜歡你，這太明顯了。」不知道是第幾個人問他這個問題了。

每次遇到這個問題，他都淡淡地解釋回應說自己只把對方當作是自己的妹妹而已，但實際上他只是不停在說謊、不停在否認自己的心意，他就是覺得自己配不上女孩。

就算當時弟兄們想要嬉鬧起鬨促成這段戀情，可是因為他的冷淡回應，識相的人便不再多說什麼了。

這已經是高中時期的往事，那是某一年的暑假，長假讓女孩感到無聊，於是鼓吹身邊幾位弟兄們一起去玩，她可以不參與其中在旁邊看大家玩，可是黑社會組織的人可以玩什麼？平時都打打殺殺的，最後也就選了打打殺殺的漆彈遊戲。

原本以為女孩真的不與大家一起玩，誰知道她竟然偷偷混進去。

這段往事沒有在日記中看到，是李奕陽自己想起來的。

只是，那一句『真相往往都是令人意想不到』，此刻在李奕陽腦中再度浮現。

聽到病房的關門聲，他知道蘿熙已經離開病房，便轉頭凝望著那扇門，他微微擰眉，總覺得哪裡不對勁。

他不禁萌生起一個想法：那位女孩，真的是蘿熙嗎？

論性格，有些相似之處，偶爾的古靈精怪與俏皮；論長相，因為多年不見，憑著以前對女孩美麗外貌的印象，蘿熙的五官也精緻，兩人身影似乎也可以搭得起來。

只是，蘿熙處心積慮地想要讓他長期待在研究所不離開，為此她似乎不擇手段，那麼她是不是也可以拿這件事騙他？

他很確定那本日記的確是那女孩所寫的，但蘿熙真的就是那位女孩嗎？

李奕陽不禁感到懷疑。

25

「你變得好安靜啊。」復健的時候，杜善影邊說邊調整他的姿勢，歪頭疑惑的看了他一眼，笑著說：「不對，你本來就很安靜，是我太聒噪了，嘿嘿。」

李奕陽無言看了他一眼，隨著他的指令下動作，他依舊會定時做復健，除了復健外，杜善影也根據他的身體狀況加上一些運動。

「是不是心情不美麗？」杜善影又問，他這個人就是這樣，就算對方從頭到尾一個字都沒有說，他也可以不尷尬的自我對話，是屬於樂天派的人。

見他沒說話，杜善影逕自說：「是因為蘿熙嗎？我上次就告訴你了，別喜歡她，你跟她之間不會有結果的，她可是有名的冰山美人。」

這下，李奕陽終於開口說話了，「你誤會了，我沒有喜歡她。」

是因為知道她欺瞞了他吧？自從知道自己所處的地方是一間大型研究所後，李奕陽就知道蘿熙對他隱瞞了很多事情，他對她感到失望，但無能為力，他也不能改變什麼。

之前目光之所以不斷追尋著她，全都是因為過往那些對於女孩的思念記憶，都是那些記憶在作祟，而這些日子他也將所有的思緒都整頓、釐清好了，那些喜歡已經逝去成為心目中的珍貴回憶。

就算蘿熙不是那位女孩，又如何？就算是，那又怎樣？他們也不可能回到從前。

就跟每個人的一生會遇到很多喜歡的人一樣，這些人停留在身邊的時間不同，有些人長久有些人短暫，最後陪伴自己終生的又有可能是別人，宛如一輛正在行駛的火車，旁邊乘客上上下下，每個人在車上的時間不盡相同，而最後又是誰會坐在身邊直到目的地呢？

先前，之所以會固執的想找到那位女孩，是因為他那將近空白的記憶，無助、凌亂、孤寂、慌張，他只是想找個支撐點、想找個浮木支撐自己可以往前，而現在，他的記憶恢復了將近七八成，就只差臨門一腳了。

所謂的臨門一腳，就是他之所以會待在這裡接受治療以及被研究的原因，這個問題至今沒有人肯告訴他，他清楚知道這裡的人彷彿被下了封口令一樣，沒有人肯回答他這個問題，真的就只能靠自己想起。

但偏偏他又想不起來。

杜善影聊天的內容不知不覺轉到麗夫人身上，但李奕陽沉浸在自己的思緒中，對於他所講的話毫無興趣，任由他逕自的講著。

「研究所可以說是麗夫人撐起的，如果沒有她，研究所早就倒了，政府也不會撥這麼多的經費在這裡，我真的很敬佩麗夫人，把自己的一生奉獻在研究上面——」

「杜善影。」他打斷他，趁著他混亂的時候問：「你知道我當時出了什麼樣的意外嗎？」打算隨口問問而已。

杜善影將思緒拉回，微微瞪大眼睛，眼神明顯逃離，「啊？我……我不知道。」

他知道，只是不能說。

杜善影些微慌張的行為讓李奕陽一秒就看穿他的心思。

這裡每個人都在對他說謊，都在對他隱瞞，藺熙也騙他說他不知道，而他也差點相信了。

「我是出車禍嗎？」他又問。

「你不是車禍，你是——」這一瞬間，杜善影輕打自己的嘴巴，自責的表情，「我、我不能說啊！我真的不能說，抱歉，這是規定，真的不能說，你就別問了，拜託你。」

杜善影的激動反應讓他蹙眉。

——為什麼他不能知道？知道了，會怎麼樣嗎？

研究所的人到底在對他隱瞞什麼樣的真相？

當結束復健後，杜善影用很奇怪的表情看著他，「那個，李奕陽啊！我們好歹也相處了快要半年的時間，你應該有把我當朋友看待吧？」

李奕陽凝視著他，面無表情，他不懂他想要幹麼。

「我希望在你心裡，我不只是個復健師，或是研究人員，我希望你有把我當成是朋友來看待。」他微笑地對他說。

原來待在這研究所裡的人，都會用『朋友』的角色包裝著，然後懷著目的接近自己，殊不知實際上背後隱藏了一大堆他所不知道的秘密，李奕陽覺得自己在這裡的人生好像魁儡一樣，被監視著、被利用著，沒有任何自由。

杜善影以為會得到善意的回應，殊不知李奕陽只是冷漠地看著他，彷彿他的心房不再為他人而開，當他正要自討沒趣離開的時候，李奕陽突然伸手擁住他。

「我就知道你把我當朋友。」杜善影感動到差點流淚，抬手輕拍了拍他的背。

當李奕陽回到房間後，他抬頭看著角落那台監視器，表情沉了。

在他從長眠中醒來沒有多久後，他就知道自己被監視，一開始他以為是因為要監控他的病情而設置的，因此起先他不以為意。

但現在想想，身為觀察對象的他從頭到尾都被監視著，他更知道研究所幾乎四處都佈滿了監視器，完全沒有死角，他完全沒有隱私可言。

李奕陽思索著，他不禁握起拳頭，心裡萌生出一個大膽的計畫……

26

半夜，李奕陽趁著眾人都入睡的時候，一個人悄悄地來到研究大樓。

夜深人靜，他站在研究大樓外昂首觀望，某一層樓的燈還亮著，於是他拿著從杜善影那裡偷來的門禁卡溜了進去。

杜善影的門禁卡讓他暢行無阻，他順利的通過設有門禁的大門，憑著印象來到上次讓他迷路的電梯，望著電梯門附近有個寫著每一層樓有哪些空間的看板，杜善影曾說過研究大樓的一二樓是開放空間，閒雜人等可以入內參觀，而三樓到八樓之間都是實驗室，九樓與十樓顯示著私人空間，剛剛亮著的樓層就是私人空間，他猜那些空間是麗夫人在使用。

他打算上樓找麗夫人威脅她，指出離開研究所的道路，雖然這不是他的本意，感覺好像在欺負一位老人家，但無論如何，他在今晚一定要離開這個鬼地方。

李奕陽走進電梯，低眸看向樓層按鈕，沒有任何猶豫，再度刷了門禁卡後按了九樓，然而這層樓的按鈕燈卻沒有亮起，看來這私人空間被設定為禁止通行，就算是裡面的研究人員也不能隨意上樓，於是他按了八樓，八樓的按鈕燈亮了，電梯緩緩上樓。

身穿病服的他在走廊附近的汙衣桶找出一件白袍套在身上，他拿著杜善影的門禁卡刷開了實驗室大門，裡面空無一人，一片黑暗僅傳來儀器運作的聲響，當適應黑暗後，他開始翻找東西，最後在其中一個抽屜找到手術用剪刀藏在白袍口袋中。

當他轉身要離開實驗室的時候，上頭的電燈卻在這瞬間被打了開，突然強烈的光亮來襲，讓他不禁瞇起眼睛，白色光芒中，他看到有個人影朝自己走來……

只有一秒鐘的時間他就適應了光亮，在見到眼前的人是麗夫人後，他不禁愣住，然而，沒有多做思考，他直接抓住對方的手腕，快速的拿出手術用剪刀抵住對方的頸部！

麗夫人顯然被他突然來的行為嚇到了，她明顯呆愣，卻不怎麼慌張與害怕。

「李奕陽？」她平靜的看著他，褐色的眼眸沒有任何波動，「你人怎麼會在這裡？」

「讓我離開這該死的研究所！」這是他唯一的請求，「我不知道妳為什麼要抓我來做研究，總之，我要離開這裡！我已經在這邊待快要半年的時間了，要研究應該研究夠了吧？我是不知道妳要在我身上收集什麼樣的數據，這些都不關我的事，我現在只想離開這裡！讓我走！」

麗夫人表情依舊平靜安穩，明明尖銳的手術剪刀若一用力就可以瞬間劃破她的脖子，但是她卻一點都不怎麼害怕。

「離開這後你想去哪裡？」她淡淡地問。

「我想去哪裡不關妳的事！總之，讓我離開這裡！」他冷漠如霜，渾身散發出一種冰冷的感覺，整個人毫無溫度。

麗夫人凝望著他，「你知不知道外面的世界已經不是你——」

李奕陽打斷她，「那又怎樣？我就是要離開這裡！」他手上的手術剪刀再度往前挪動，本來距離麗夫人的脖子還有一公分左右的距離，這下子直接貼在她的頸子肌膚上了。

冰冷的觸感傳來，麗夫人還是一點都不害怕，她目光冷淡的望著李奕陽，輕嘆口氣，語氣有些無奈的說：「好，那你就離開研究所吧。」

「……真的？」李奕陽錯愕，他沒有想到麗夫人會這麼輕易答應，不對，她是不是跟蘿熙一樣在欺騙他什麼？是不是等等又是一場騙局？

手術剪刀沒有收回，他看著她，「那妳親自帶我出去，我不知道研究所出口在哪裡，妳一定知道怎麼走，想辦法帶我出去。」

沒想到麗夫人說：「好，我答應帶你出去，你把手術剪刀收起來。」

李奕陽一臉不信的看著她，麗夫人再次強調，「我答應你的事情我會做到。」

「……這可是妳說的，我警告妳，別動什麼歪腦筋。」他將剪刀收起。

於是，麗夫人帶著他離開實驗室，兩人離開實驗室後她帶他往另外一個方向走去，搭乘電梯下樓後來到戶外，像是感應到有人一樣，這裡的路燈瞬間亮了，李奕陽發現這裡十分空曠，也十分荒涼，應該是研究大樓的後方，他不曾來過這裡，也因為地方空曠，不時的有強風吹來，僅穿著單薄病服與實驗衣的他不禁縮緊身子。

麗夫人領著他不斷地往前走，最後來到了停車場。

她走到其中一輛車的後面，在打開後車廂的瞬間，李奕陽立即警覺性的看著她，人立刻往麗夫人方向靠過去，手也反射性的伸入白袍口袋拿出手術剪刀抵住，怒吼著：「妳要做什麼！？給我停下動作！」

然而，李奕陽卻因為慌張沒有控制好力道，再加上麗夫人伸出手與之抗衡著，尖銳的手術剪刀就這樣劃破麗夫人的手掌心，鮮血流出。

麗夫人平淡的回話：「我沒有要幹什麼……」

即使受傷，她卻沒有責怪他的意味，眼眸中甚至透露出一股笑意，在這麼暗只能靠著一絲光線的地方，李奕陽以為自己看錯了。

「少騙人……」李奕陽冷漠的說，說完靠近後車箱，裡面僅僅放著一個行李箱，「說，這裡面是什麼？」

「是外套，最近天氣變得有點冷，我替大家買些厚外套禦寒，但我卻忘了拿，就這樣一直擱在車裡，看你現在好像很冷的樣子，想說拿一件給你穿。」她這麼回答，有些無辜的眨了眨眼睛，充滿皺紋的眼皮緩緩垂下，稀疏的睫毛在眼瞼處形成陰影，麗夫人整個人表情平淡，身上散發出一些些的陰冷感，但這陰冷感卻又帶了點暖意。

若不說，旁人見到還真以為他一位年輕男子正在欺負著一位老人家。

李奕陽一臉不信，告訴自己不要理會她手掌上的傷口，他逕自打開行李箱，行李箱裡面還真的沒有其他別的東西，僅僅就只有幾件厚外套。

他愣了愣，神情複雜的看向她。

麗夫人歪頭看著他，「你這身型應該穿XL的就可以了吧？」說著，她正想從裡面抽出一件厚外套遞給他，但想到自己正在流血，於是笑著說：「你自己拿好了，我怕血會弄髒衣服。」

李奕陽愣愣地看著他，看著她態度從容的拿出手帕簡單包紮止血，他最後鎮定地將那件外套套在身上，很意外的竟然合身。

麗夫人看他的表情此時帶點趣味性，眼中有著笑意，「蠻適合你的。」

剛剛的笑容不是他看錯，是麗夫人真的在對他微笑。

李奕陽哼了聲，聲音夾帶著命令說：「快點帶我離開。」說完逕自打開副駕駛座的位置坐下。

接著麗夫人坐到駕駛座，明明自己被對方威脅，她卻還好意提醒李奕陽記得要繫上安全帶，面對她這樣子的溫和對待，李奕陽覺得心裡有些煩躁。

她到底有沒有搞清楚？她剛剛可是被他拿剪刀威脅著，隨時都會有生命危險啊！

……雖然他不會真的傷害她就是了，剛剛的受傷只是個意外，還好傷口不大，他告訴自己別施予同情，他的目的很簡單，他就只是想要離開研究所而已。

可是正在駕駛的麗夫人卻一副天不怕地不怕的模樣，明明手上有著傷口，她卻老神在在，目光看向前方，手輕輕地放在方向盤上，甚至還播放出車內音樂，顯得悠哉與享受閑靜。

相對的，李奕陽就沒這麼悠閒了，他任何一刻都無法平靜下來，無時無刻都處於神經緊繃的狀態。

望著身旁的麗夫人，他心裡納悶的很，好奇她到底是什麼樣的人物？

黑暗中，窗外的景象快速移動，左右兩排的路燈一盞又一盞飛逝而過，也因為現在的時間是半夜，一路上就只有他們一台車而已，他只聽到風流動的聲音與車內的音樂聲。

不知道開了多久的車，最後車子緩緩地停在路邊，麗夫人轉頭凝視著他，開口：「我直接載你到旅店附近，讓你可以好好睡一覺。」她指著外頭一棟建築物。

「不需要妳假好心，我可以直接睡路邊。」李奕陽拒絕，解開安全帶直接走下車。

「等一下！」麗夫人叫住他，接著也走下車。

「還要幹什麼？」李奕陽怒瞪，他覺得眼前這老女人莫名的煩。

「別這麼生氣，我只是想說給你一些錢用，你是可以睡路邊，但總不能吃垃圾過活吧！這些錢可以讓你買些吃的，臉蛋兒長得這麼帥可別當街友。」說著，麗夫人從口袋中拿出錢包，直接豪邁的從裡面拿出一些紙鈔跟信用卡塞進他手裡，「額度沒有上限，你想吃什麼就買什麼吃。」

李奕陽愣愣地看著她，對於她的行為他感到茫然，麗夫人的行為好像在照顧小孩一樣對他有著關愛。

「對了，這手機也送你用吧！這是我在使用的公務機，裡面只有蘿熙這個聯絡人，你應該知道怎麼用手機吧？就跟以前差不多的使用方法。」說著，她拿出一支觸控手機，直接塞進他的口袋。

接著，李奕陽看見她朝著他揮手說再見，還說了聲保重。

許久他才回過神來。

……這到底是什麼跟什麼啊？

為什麼麗夫人怎麼好像知道他要離開的樣子？

27

明亮的空間內擺著一些華麗的收藏品，這些收藏品有雕像、名畫、瓷器等等，麗夫人面無表情的凝望那些收藏品，這些收藏品是前院長的個人愛好，而她對這些東西毫無興趣，從以前到現在她都是如此。

一整夜她都沒有入眠，獨自坐在這裡看著這些收藏品失神，就這樣直到天亮。這裡是研究大樓的二樓，也是屬於外人可以參觀的地方，只是現在這裡只有她一個人獨自享受專屬的時光，而外頭，似乎挺混亂的。

眼前的一切對她來說就宛如是電視情節一樣，有人發現李奕陽不見了，呼喊著要大家開始找人，結果到處都找不到人，調閱監視器後才知道他在半夜的時候偷溜進實驗室，最後竟然是被麗夫人親自帶離開。

整個過程麗夫人都沒有出面解釋，她靜靜的看著大家慌張忙碌，也沒有安撫大家的情緒，就只是身為旁觀者靜靜欣賞眼前這一切，嘴角泛出淺淺的笑容。

而當大家知道是麗夫人將李奕陽帶走後，這混亂場面漸漸消失。

撫摸著手掌上的傷口，麗夫人沉浸在自己的思緒中。

約莫在下午的時候，蘿熙慌張地走過來，劈頭問：「原來您在這裡！您到底在想什麼？您怎麼可以讓李奕陽就這樣離開？」

她幽幽開口，慢條斯理地回答：「有什麼關係？他想離開就離開啊，為什麼要侷限他？有一句話叫什麼？嗯……妳關得住他的人，但關不住他的心？這句話是這樣說嗎？我已經脫離那年代很久了說。」麗夫人一副事不關己的模樣，甚至還說著玩笑。

明明是一件如此嚴重的事情，杜善影還為了識別證被偷而含淚不斷自責，整間研究所鬧得人仰馬翻的，但這位始作俑者卻一點都不在意，反而很輕鬆。

蘿熙要自己冷靜，她沉住氣，「……這也是您計劃中的一環嗎？怎麼不跟我說一下？」

麗夫人微笑起，「計劃總是趕不上變化的，加上是昨夜發生的事情，也就來不及跟妳說了，我有把公務機送給他，裡面留有妳的聯絡方式。」

蘿熙愣了愣，這句話的意思是之後李奕陽有可能會主動連絡上她。

「但，您不怕他無法適應嗎？」

「不能適應，就會回來了，不是嗎？」麗夫人的話讓蘿熙瞬間語塞。

「所以您……是故意的？」她微微訝異。

「是啊！」麗夫人說。

這讓蘿熙徹底無言。

「我一方面也覺得，既然他想要自由，是該還他自由的時候了，關在這裡這麼久，他心情一定很不好，臉上幾乎都沒有什麼笑容。」麗夫人說。

得到自由之後，他會有新的人生、新的世界等著他去探討。

蘿熙沉下臉，還真的不知道要說什麼，「好吧，那我等他的聯絡，若有什麼變化，我再跟您說。」

麗夫人點頭，「當妳去找他的時候，就別回來了吧！」

「啊？」蘿熙愣住，以為自己聽錯。

「我是說真的，到時候妳就帶著李奕陽一起離開，別回來了。」

不給蘿熙任何的回話，麗夫人讓她離開。

在外頭的世界。

獲得自由的第一天，李奕陽還真讓自己睡在公園的長椅上，因為他想要切身體會好不容易得來的自由感，不想要睜開眼睛望見房裡的那些擺設，好像牢籠一樣束縛著他。

而睡在公園，沒有人可以監視他，他想要做什麼就做什麼，因此他打算在長椅上一覺到天亮，天亮後再找尋其他家旅店，雖然麗夫人好心載他來到旅店附近，但是他才不要選那家，心裡還想著裡面是不是早就被安排了眼線好隨時將他的狀況回報，這樣他還是處於被監視的狀態啊！

打定主意後，他閉上眼睛，本以為換個地方會睡不好，但也許是因為獲得了自由，離開了那關人的牢籠，他這一覺睡得很安穩。

天亮後，他是被太陽的溫度給叫醒的，緩緩睜開眼睛，李奕陽瞧見有一隻麻雀停留在他胸口。

麻雀見到他清醒，拍動翅膀飛離。

接著他撐起身子，望向周圍的景物，自己真的獲得了自由，貪婪呼吸好幾口空氣，感覺到自由的真實感，接著他趕緊起身，趁著四下無人的時候離開這個地方。

他打算回到當時與女孩相處的那棟別墅看看，不知道會不會在那裡遇到老爺？會不會也剛好在那裡遇到女孩？他們還記得他嗎？

女孩會不會已經嫁為人婦？會不會已經為人父母？

蘿熙與麗夫人曾經說外面的世界已經變了，但是在他的眼中，變化並不大，路上倒是多了很多電動車，他找了個路人問路，詢問哪裡搭計程車會比較方便。

搭上計程車後，他憑著記憶唸出一串地址，司機卻納悶的看著他，「先生，你給我的是舊地址吧？沒關係，你稍等我一下，我幫你查查。」他點了點駕駛座上的大螢幕。

「舊地址？」

「前幾年都更的時候政府把其中一區的地址全都換掉了，不過不影響，還是可以查得到。」計程車司機查到後說：「你這地方有點遠，也有點偏僻，車程大約兩個小時，我先報價給你。」他說了一個價格。

「我有卡可以刷。」他說，同時從口袋中拿出麗夫人給他的卡。

關於這張卡片，他當然也想到刷卡會留下消費紀錄，這樣相當於還是被人給監視，能夠藉此知道他的行動，但是他不管這麼多，現在的他只想趕快回到以前待過的地方。

在這兩個小時的車程中，李奕陽滿心期待，卻不禁自嘲起自己，若要說人生最自由的時光，應該是小時候流浪在外偷竊與搶劫的那些日子，那時候的自由雖讓他過得不怎麼開心，每天都在煩惱下一餐，卻偶然遇到了老爺與女孩，老爺雖然對他嚴厲，在他身上製造出不少的傷口，有幾次甚至動刀動槍的讓他住院，他對老爺感到畏懼與害怕，卻還是有許多尊重與敬佩，因為女孩的存在，他從來沒有想要離開他身邊，一心只想守護著女孩。

然而在他離開女孩後，女孩身邊換誰守護了呢？

不論是誰在守護，只要女孩現在過得幸福，他就會感到欣慰。

28

約莫經過了兩個多小時，計程車開始進入山區，只是才在山路上開沒多久，計程車司機臉色突然變得不對勁，他突然用力踩剎車，莫名的要李奕陽趕緊下車，態度十分差勁。

明明目的地還沒抵達卻趕人下車，李奕陽感到疑惑，「目的地還沒有到，你怎麼趕人下車？」

「要你下車就下車，這錢我不收了，就算我倒楣，竟然遇到瘋子。」司機的態度與剛剛大相逕庭，彷彿那裡有什有麼可怕的事情他不想遇到似的。

李奕陽將卡片給他，「算了，我可以自己走上山，車錢多少你還是算一算。」他不想讓對方做白工。

計程車司機微愣住，將卡片還給他後，收起剛剛的惡劣態度，對他講了一大段話，之後開車離開。

荒郊野外，只剩下李奕陽一個人站在路中間，風吹來，顯得滄涼與孤寂，尤其剛剛聽到的那一段話，更令他失神。

李奕陽咬著牙，徒步上前，一步一步憑著記憶走著。

以前每每早上要上學的時候，他與女孩都會一起搭乘黑色轎車下山，轎車會直接開到學校，這樣的模式總共維持了好幾年的時光，而山路這裡的一草一木他早就熟悉無比，甚至知道有哪些秘密通道可以走。

只是這些記憶對他來說好久好久以前了，要他現在找出當時的那些秘密通道，他已無法。

大約走了兩個多小時，終於抵達他所熟悉的那扇大門，但他卻愣住了。

此時大門被鍊子深深鎖住，除了一層又一層的封鎖線外，還貼了一堆他看不懂的破碎符咒，而上面紛紛沾滿了厚厚的泥沙與蜘蛛網，鍊子也鏽得嚴重，鐵門斑駁不已，好像一座被廢棄很久的廢墟。

李奕陽上前晃動著鐵門，鐵門絲毫不動，上頭的鏽鐵沾黏在他的手掌上。

他想起剛剛計程車司機所說的話：「上面有一棟鬧鬼鬧得很嚴重的鬼別墅，三十年前這裡發生滅門慘案，死一堆人，聽說沒有任何人存活下來，之後就算請了法術高明的法師來驅鬼都沒有用，冤魂都不肯升天，裡面怨氣十足，經過的人都會不小心中邪，我可不想中邪，你要去自己小心點。」

三十年？

李奕陽看著自己的手掌，將上頭的鐵鏽拍打乾淨。

他知道自己因為意外而昏迷多年，但他到底昏迷了多少年？

李奕陽嘗試幾次，終於讓自己翻越過大門，由於動作不再敏捷，他狠狠地摔在地面。

然而大門內的景象更讓他愣住，這裡簡直是荒蕪之處，毫無生氣，到處雜草叢生，斷裂的枝葉與泥土混在於其中，原先的紅磚道路已經看不見，空氣中夾雜著草味、樹味、土味，以及一些形容不出的臭味，這裡說有多雜亂就有多雜亂，當中還夾雜著不少的垃圾，已經無法辨別出這裡當初的模樣。

在他印象中，從大門口到別墅有一段距離，李奕陽抿著唇，腳步緩慢地往別墅的方向走去，當看到別墅的外觀時，他止住腳步，不敢相信自己究竟看到了什麼。

別墅的家門上被貼了符咒與封條，斷裂的封條隨風微微飄蕩著，上面一樣都是沙塵與蜘蛛網，沒有一處是乾淨的，這裡顯然已被遺棄很久，成了沒有人肯來的廢墟。

「到底發生了什麼事情……？」李奕陽輕易推開家門，門後的空氣更難聞，因為長期密不通風，這悶空氣裡還有些惡臭味道，灰塵瞬間揚起，這讓李奕陽不禁屏息蹙眉。

這家門對他來說就像是潘朵拉的盒子，在開啟家門後，他見到了大廳牆上掛著一幅畫像，他想起這幅畫像有著女孩與老爺的面容，於是他將上頭的厚重灰塵徒手擦拭掉。

當他看清女孩面容的那一瞬間，一堆他失去的記憶就像大海一樣的朝他襲來。悲傷的、痛苦的、怨恨的、難受的、窒息的，他不禁緊閉雙眼，強忍著這突如而來的強大記憶，讓他幾乎喘不過氣，周圍的氧氣似乎在這短短幾秒鐘全數都被奪走似的——

實驗室的會議中，許多穿著白袍的人齊聚一堂，他們定期討論著研究內容的方向。當時，曾經提起李奕陽這位觀察對象的狀況。

「這位受試者曾經因為身體失溫多時，加上腦袋缺氧而有些損傷，最後造就他在記憶上的缺失，觀察後他的本能還在，他能夠與人對談，能夠看得懂文字，也有通過智商能力測驗，除此之外肌肉長期沒有運作而無法走路，除了體能上的復健外，還需要有強大外力的刺激。」

麗夫人一身白袍，白袍底下是一套可以襯托出高雅的灰色套裝，麗夫人氣質端莊的對著底下的實驗室成員講述自己的研究報告，這當中也包含了蘿熙。

在討論的過程中，底下隨時有人舉手發問，其中就有人問：「比如怎樣的狀況算強大外力刺激？」

麗夫人微笑，「人的大腦很神奇，如果讓病患看到過往的人事物，或是舊地重遊，那麼他就有可能恢復真正的記憶。」

李奕陽的身子跌落在地，他用力摀住胸口處，那裡痛到好像有人緊緊掐住他的心臟一樣，被封閉的記憶不斷從腦中湧現出來。

那些記憶中，女孩的面容已經如此清晰，在剛剛見到她畫像的同時，屬於女孩的長相已經清晰映入他的腦中，她與日記給人的感覺一樣，有著一雙會說話的大眼睛，以及時不時流露出的鬼靈精怪。

只是這份記憶畫面中，她雙手握著一把沒入他胸口的刀子，神情哀傷。

血液不斷從傷口處冒出，染紅了他的衣服以及女孩的雙手。

他虛弱地看著女孩，而女孩哭紅著雙眼，滿臉痛苦的看著他。

那時候的他躺在女孩的懷中，周圍是一片樹林，黑色天空亂雪紛飛，不斷飄下的雪落在兩人身上，胸口的血也漸漸的將白雪染紅，他對女孩說了好多好多的話，只因為他知道他的生命正慢慢地邁向死亡。

29

想起這段記憶的李奕陽開始乾嘔，因為數個小時都不曾進食的他，胃裡沒有任何東西可以讓他吐，他感到胃酸逆流，難嚐的味道湧入他的口中，他不禁又噁心的嘔了幾下。

在此同時，他的腦中浮現了很多不同的聲音，湧入更多他所沒想起的記憶。

那天夜裡，別墅突然湧進了很多他不認識的人進來，各個凶神惡煞的，每個人都全副武裝，除了身上的防彈裝備外，手上都拿著槍，槍口紛紛對著大廳中那些手無寸鐵的人身上。

而那些手無寸鐵的人當中，為首的是老爺，他雖然整個人動也不動的站在槍口下，但眼神卻一點都不畏懼地看著眼前的人。

很諷刺的是明明這裡是黑社會的巢穴之一，而他們身為黑社會的人，卻被人拿槍威脅著，更諷刺的是對方的身分竟然是政府方派來的秘密軍隊。

早就聽聞政府方私下訓練一批秘密軍隊，沒有想到竟然可以親眼看見，李奕陽抿著唇，神情複雜。

在這之前，老爺就已經暗中交代他要帶著余珊娜逃走，所以當所有人都聚集在大廳的時候，李奕陽與余珊娜兩人待在二樓的某個隱密角落，安靜地觀看大廳的一舉一動。

「李奕陽，他們是誰？為什麼會來這裡？」余珊娜害怕顫抖地抓住他的手腕，連聲音也在發抖。

「噓，先別說話，我們慢慢移動，老爺要我帶妳從後門出去。」

「不要，我為什麼要離開？爸爸他被人拿槍指著，我才不要離開。」她任性地說，要她丟下深陷於危險的家人，她才不要，雖然平常爸爸對她嚴苛，可是終究是養育她長大成人的爸爸啊！終究還是家人啊！

一樓大廳，拿槍指著老爺的男人幽幽開口，他似乎是這批軍隊的領導者，李奕陽曾經在電視上看過他的長相，他沒有想到電視上文質彬彬的人，實際上卻是個不擇手段的人。

「之前就講好，也白紙黑字簽了約，每個月要派送足夠的檢體交給國家研究所做研究，以此為交換條件，所以一直以來，我們政府方對於你們黑幫所作所為睜一隻眼閉一隻眼的，也從來不過問，毒品交易、槍枝走私等等，哪一次我不是裝模作樣地搜查，實際上卻放走你們？」

「話講得這麼好聽，確實，我們在你們政府的庇蔭下就算犯了罪也免責，可是那都只是表面，你們處處為難我們，很多罪無中生有，黑的也能說成白，結果被判無罪又怎樣？汙名已經存在，其他人表面上雖然畏懼著我們，可實際上卻是看不起。」

「這不就剛好可以達成你們要的結果嗎？江湖上，只要一提到老爺這個名諱，誰不會感到害怕？沒有人敢惹到你們，這不是很好嗎？」男人說。

「這都不是重點，所以你現在拿槍指著我是什麼意思？想要殺人滅口不讓外界的人知道你們政府幹的齷齪事？」

「你最好是好好給我說話！什麼齷齪事情？這研究可是在造福天下，如果成功的話，多少人搶破頭的想要得到這藥物？」

「我才不管國家在秘密研究什麼鬼東西，總之，竟然已經訂好契約，我就沒有違背過，這個月我明明就有請人將檢體配送過去。」

「但實驗室裡沒有人收到。」男人的聲線壓低，語氣不疾不徐，「而且聽說你們這個月私下從國外進口一批槍械，是想搞背叛嗎？偏偏這麼不巧，我們知道了，你看，就連老天爺都站在政府這邊，你還不乖乖認命。」

「如果你今天動槍或動刀了，你將永遠得不到你想要的。」老爺面無表情的說。

樓上，余珊娜用氣聲問著李奕陽，「李奕陽，你知道他們要的是什麼東西嗎？」

李奕陽搖搖頭，他壓低聲音說：「老爺說東西藏在他房間的保險櫃裡，但他沒有具體的說是什麼東西。」

「那我們現在就去拿。」余珊娜說完後悄聲往老爺的房間走去，李奕陽來不及阻止，只能跟上去。

兩人輕聲來到老爺的房間，余珊娜手腳俐落調整書櫃上花瓶的位置，書櫃無聲無息的移動，沒想到後面竟然有個暗門。

這小房間李奕陽第一次進來，但看余珊娜的熟練度應該已經進來好幾次了。

「爸爸曾經跟我說如果遇到危險的話就可以躲在這裡，也有說他把珍貴的東西藏在裡面，現在只要把東西給對方就可以了吧？」她邊說邊走到保險櫃前，彎身後輸入密碼。

余珊娜的想法很單純，既然對方要拿那東西，那麼只要把東西給了對方，對方就會放過爸爸他們了吧？畢竟最重要的是人命啊。

「妳知道密碼？」李奕陽感到訝異。

「別看我爸平常對我很兇，但實際上他很疼愛我，也因為他疼我，所以只要我出了什麼意外，他就會懲罰應該保護我的你。」她垂下眼簾，眼底閃過對他的內疚。

李奕陽不語，在一個沒有關愛的破碎家庭中成長，這樣的疼愛讓他心裡有著羨慕。

保險櫃順利被打開，兩人在保險櫃前翻了翻，紛紛蹙眉，裡面緊緊放了一些看不懂的合約書跟看似有價值的首飾。

「這是我媽媽留下來的首飾。」余珊娜懷念似的拿起其中一條月亮型鑲著寶石的銀色項鍊，但因為光線昏暗，看不出上頭的寶石是什麼顏色，李奕陽只知道余珊娜的母親在她還很小的時候就過世了，過世原因不知，他沒有探究過。

「李奕陽，你覺得……政府他們要抓的人會不會是我？」余珊娜突如其來的丟出這個問題，表情有些奇怪。

「那妳知道他們為什麼要抓妳嗎？」他問。

余珊娜搖頭，「……我不知道。」

兩人表情凝重。

「我剛剛聽到他們提到『檢體』兩個字，指的是什麼？」余珊娜又丟了這個問題，她一臉沉思，突然想到什麼事情似的，「我在上週定期被醫師伯伯抽血的時候……」

「等等，妳會定期輸血不是因為血型特殊要定期入庫存嗎？」李奕陽表情疑惑。

「爸爸是這樣跟我說沒錯，可是——」

「妳別想太多，妳爸之所以要我帶妳逃走，是為了妳的生命安全著想，畢竟妳是他心愛的女兒每個做父親的都會希望兒女能夠平安。」

余珊娜的表情變得凝重，她凝望李奕陽，「但是，我覺得爸爸之所以要你帶我逃走，是因為他們要抓的對象是我？」

兩人面面相覷。

李奕陽想起老爺對他的輕聲交代，神情有些複雜的看著余珊娜。

最後他神色嚴肅，緊抓她的手腕，「那我更應該要把妳帶走。」

「不對，如果是這樣，那我更應該去救我爸爸。」余珊娜說完後掙脫他的手。

「可是老爺他交代——」

「李奕陽你想想，如果他們要抓的人是我，那麼只要我出去，就不會有人死。但如果我遲遲不出去，就可能隨時會有人犧牲。」她看著他，眼神真摯的祈求，聲音帶著哭音的說：「我不要任何人為我而死。」

30

一樓大廳裡，政府方的人緩慢往樓上移動，打算開始搜房。然而每一間房間都徹底搜查過了，就是沒有找到人。

槍口依舊抵在老爺的頭上，而他依然不畏懼，眼神惡狠狠地瞪著對方，即使被槍口抵住，他依舊散發出強大的壓迫感。他是真的一點也不害怕死亡，也許是因為經歷過很多可怕的事情，他早已將生死看淡，就算對方馬上在他頭上開一槍，他眼睛也不會眨。

「還沒有找到人嗎？」男人氣急敗壞。

「報告！已經搜查過每個房間了，就是沒看到人。」

「這不可能，這棟別墅外圍早就被包圍了，不可能逃走，除非有什麼連接外面的秘密通道。」

此時，余珊娜與李奕陽待在小房間內商討計畫。

不一會兒，余珊娜帶著李奕陽出現在眾人的面前，她不知道哪裡拿的小刀正抵在李奕陽的脖子處。

「聽說他的血很珍貴，每個月都要定期送血過去做研究，如果我現在就殺了他，那你們是不是就沒有東西可以研究了？」余珊娜不畏懼的說，他們突如其來的出現在眾人眼前，大家紛紛愣住。

「小姐，這不是你們自己人嗎？殺了有什麼好處？」

「我知道是自己人啊！但那又怎樣？能利用的東西可以繼續利用，但沒有利用價值的東西趁早丟棄不是比較爽快？更何況，他也只是老爺在外面的私生子，常常跟我搶東西，我早就看他不順眼。」

「哪來的小妞啊？脾氣這麼兇。」男人譏笑著。

余珊娜故意將刀更加貼近李奕陽的頸部，尖銳的刀鋒輕劃過白皙的脖子，一道血痕出現，這行為讓對方收起玩笑的表情，神情嚴謹地看著她。

她想的果然沒有錯。

政府方每個月都會接受他們所送過去的血液，但並不知道血液是從哪個人身上抽取的，於是兩人剛剛在小房間裡面商討著對策，結論是要李奕陽與她的身分對調，這樣一來，政府方就會把注意力集中在李奕陽身上，而不是她，她還故意謊稱說李奕陽是爸爸在外面的私生子，為了就是要混淆對方的焦點。

這是個賭注，她把所有的運氣都賭在這上面了。

眾人可能都知道老爺有個千金，但絕對猜想不到他有個私生子。

「這位小姐，別激動，有話可以好好說的。」男人說。

「這句話由你開口真是一點說服力也沒有，你不也拿槍抵著我方的人嗎？」

男人無言地看著她，最後將槍收起。

余珊娜心裡暗自鬆了口氣，但她的刀依舊抵著李奕陽，語氣有著警告，「你現在把所有人都帶離這裡。」

而那男人還真的要所有人都退離這間別墅。

李奕陽與余珊娜交換個眼神，沒想到事情比想像中的容易。

但，這樣會不會太容易了？他們是不是忽略了什麼重要的東西？

「小妞。」男人在這時候開口，「妳知道嗎？我們政府方在調查的時候，資訊百分之百不會傳遞錯誤。」

「……什麼意思？」余珊娜小心翼翼的問。

「這句話的意思是，我知道檢體供應者就是妳——」語未必，在這短短不到一秒的時間，突然有個人從李奕陽與余珊娜後方靠近，直接趁著余珊娜還沒反應過來的時候搶過她手上那把小刀，接著動作俐落地將小刀狠狠插進李奕陽的胸口上！

瞬間，鮮血直接從他胸口處湧出。

余珊娜瞪大眼睛，立即尖叫出聲：「不要——」

男人笑了，把剛剛還沒說完的話說完，「——配合妳演出而已，還真以為我把人通通調走了嗎？真是單純啊！」

此時，眼前的畫面好像放慢了速度，政府方的男人舉起手比了個手勢，剛剛退下的那群人再度闖入屋子，舉起槍二話不說就朝裡面開槍，而黑社會方也從懷中拿出槍枝跟武器來戰鬥，刀械聲與槍聲此起彼落，雙方交戰，誰也不讓誰。

李奕陽也在這瞬間拿出槍枝將身後那個人給解決掉，然後撐著虛弱的身子帶著余珊娜逃走，他們逃到某間房間裡，打開窗戶往下跳。

接著他們逃進了樹林中，兩個人的手緊緊牽住，不肯放開彼此，好不容易走了一大段的山路，最後他卻不支倒地。

余珊娜因為強忍情緒而用力咬著下唇，下唇都被她咬破出血了。

她難過地抱著他，「李奕陽、李奕陽……你不准睡著！聽見沒有，你不准睡著。」說著，她雙手握著他胸前的那把小刀，兩行淚水滑落，表情痛苦地看著他。

他一臉虛弱地看著她，剛剛的逃亡已經耗盡他所有力氣，此刻他已經沒有辦法繼續帶著她逃走。

「都怪我這笨腦子，想這什麼計畫，爛死了，他們是政府的人，怎麼可能不知道誰是血液提供者，剛剛我們就不應該站出來搶鋒頭的……我總是不斷地在闖禍、我總是不斷地在製造麻煩……我總是這麼自以為是……」她哭成淚人兒，眼淚不斷掉落。

「但這刀傷，可沒有老爺開槍來的痛……」李奕陽輕聲一笑，卻吐了一口血。

「都什麼時候了你還在開玩笑。」余珊娜見到他吐血，眼淚流地更兇。

「妳快走，我流太多血已經走不動，妳趁現在快點跑，能跑多遠就多遠，千萬不要停下腳步。」

「我不要，我要待在你身邊。」她拒絕。

「聽話，快走……」他催促。

「我不要！」余珊娜固執，堅持不走。

「妳不要讓大家白白犧牲，如果妳真的被抓走了，可能不是輸血這麼簡單了，國家研究所一定會抓妳開刀，有可能會直接把妳殺了來解剖，妳身體上值錢的不是只有血，還有其他的器官……」李奕陽故意講得可怕，為了就是要讓余珊娜感到恐懼，她當然知道他的用意，但她就是不捨丟下他。

此時，漫雪紛紛飄下，寒冷來襲，壟罩著兩人。

「快走……」李奕陽覺得自己的意識快消失，他覺得黑暗此時正在吞噬著他，身上的力氣正漸漸消失，最後連緊握住余珊娜的那隻手，也沒有了力氣。

余珊娜不斷哭著，將臉上的淚痕抹去，喘著氣，她絕望看著他，「……李奕陽，給我聽著，你要記得一件事，我喜歡你……就算你死了，也千萬不要忘記我喜歡你。」

說完這句話後，她將唇貼上他的，李奕陽感覺自己冰冷的唇嚐到了溫度，同時也嚐到了一絲血味。

他想不起來這是女孩第幾次告白了，但他卻從來不曾回應過她，因為不斷地逃避、不斷地否認，明明這段感情已經深深刻在他的心中，宛如烙印一樣，光是想起就會疼痛的那種程度，可是他卻不曾好好對她說出口。

余珊娜離開他的唇，滿臉心疼摸著他臉，除了心疼，還有濃烈的不捨與悲痛。

也許清楚知道自己的生命即將終結，他緩緩開口，吐了口氣。

他想告訴她，其實他也好喜歡好喜歡她，他想要繼續陪伴在她身邊，但已經無法了。

吐出口的，不是真情告白，而是參著血的呢喃，這小聲的呢喃中夾帶著濃厚的遺憾。

他半睜著眼，看著余珊娜頭也不回地一直跑、一直跑……

最後，他的眼前一片黑。

31

那一夜，大雪紛飛，他的體溫漸漸消逝，最後沒了意識。

原來當時他早就死了，死在那片樹林裡。

但既然早就死了，那麼為什麼他現在會站在這裡？

事件發生在三十年前，意思是經過了三十年的時間了，可是為什麼他的外表沒有變老？

腦中浮現蘿熙曾對他提起再生血人種的相關事件，李奕陽感到納悶。

不可能，他不可能會是的。

如果要追求真相，就得回到研究所裡面，他們是因為知道他定會為了真相而回去，所以才故意讓麗夫人放他走的嗎？

李奕陽起身，將身上的灰塵拍掉，他看向凌亂不已的屋內，環顧一圈，發現沒有一個家具是完整乾淨的，除了亂糟糟以外，上面還沾滿厚重的灰塵，地上甚至還有乾掉許久的駭人血跡。

當時兩方人馬的戰爭，究竟是哪一方贏了，這應該不用追究了。

李奕陽跨越過那些髒亂，來到了二樓，每一間房間門一打開都會揚起灰塵，讓他直打噴嚏，房間裡積滿了厚重灰塵與蜘蛛網，顯現這裡已經被丟棄了好幾年的時間，而且在這些年當中，沒有任何人踏入過這裡。

他在這些屋子裡待了許久，屋子裡每個角落都有個回憶，這回憶不僅僅只有他與余珊娜，還有與老爺，跟組織那些弟兄們之間的記憶，比起小時候在破碎家庭中被惡意對待的記憶，他反而覺得與這些人相處的記憶更為可貴，他更想將這些珍貴記憶全部找回。

那麼在當時事件發生的最後，余珊娜有沒有成功逃走了？

在死亡前，他的目光凝望著那不斷向前奔跑的女孩背影，期許對方能夠跑多遠就多遠。

李奕陽突然想起麗夫人交給他的手機，經過這麼多年的時間，科技進步，手機變得又薄又小的已不足以為奇，更何況已經經過了三十年的時間。

他將手機從口袋中拿起，手機通訊錄中就如同麗夫人所說的只有一個人的聯絡電話，那就是蘿熙。

但李奕陽沒有馬上打給蘿熙，他打算開始上網找尋跟這事件相關的新聞出來，如果這裡慘遭滅門，死一堆人，照理說應該會登上新聞頭條才對。

因為許久沒有碰手機，李奕陽花了一些時間來研究怎麼使用手機，最後他終於順利的開啟網頁瀏覽器。

只是不管他怎麼搜尋，跟這事件有相關的關鍵字不斷做更換，就是完全搜尋不到當年事件的新聞。

看來這事件完全被政府方給壓下來了，想想也是，畢竟有哪個國家會承認私下動用軍火殺了一整個屋子裡面的人？

李奕陽沉住氣，整理起那混亂不已的思緒。

麗夫人顯然是故意放他出來讓他知道所有的真相，但這是為什麼？

距離事件的發生已經經過了三十多年，表示余珊娜也年長了三十年，所以他可以確定的是年輕貌美的蘿熙根本就不是余珊娜本人。

那麼……

也就在這個時候，不知道為什麼，他突然想起麗夫人在凝望他時眼中有的那股熟悉笑意。

雖然與麗夫人之間的談話次數不多，但他有的錯覺，總覺得對方似乎非常了解他。

意識到這件事情，李奕陽不禁愣住。

此時李奕陽想起位在研究大樓一樓那幅麗夫人的肖像，她胸前所配戴的那條項鍊，就是他回憶中女孩從保險箱裡拿出的那一條。

難道麗夫人就是余珊娜？他懷疑著。

因為她就是余珊娜，所以她是故意讓他離開研究所的？所以即使他不小心劃破她的掌心，她還是對著他笑。

如果這樣想，似乎就合理了。

可是如果她就是余珊娜，為什麼現在的她會站在政府方的立場替他們做事？當時政府方可是傷害她家人的人啊！

在這三十年的歲月，到底發生了什麼事情？

還有，他為什麼可以重新看見這個世界？他當初應該死了才對，為什麼此刻卻是活著？

李奕陽做了幾次的深呼吸，他花了好多時間整理這些混亂的思緒，也花了好多時間接受當年這殘酷的事件，最後他輕拍了拍臉頰，往別墅門口走去。

站在門口附近，他留戀般地凝視著屋內的一切，此時景物依舊，人事已非。

世界，已經變得不一樣了，所有的一切已經不再是他熟悉的那個世界。

離開別墅後，李奕陽失神般的走在山路，他的腳步不穩，遭受到打擊的他精神脆弱，凝視周圍那些凌亂景物，他的思緒即便整頓過，還是凌亂無比。

不知道走了多久，他突然整個人倒地，就這樣絕望直接躺在野外，望著那湛藍的天空，軟綿綿的白雲緩緩飄動，他任憑帶著泥沙的風吹在身上，意識突然回到他死前的那一天。

那一夜，他滿身孤寂的躺在那裡，深陷血泊的他感受生命漸漸地消逝，即使寂寞，可是他腦中滿是與余珊娜之間的回憶，這些回憶就像跑馬燈一樣在他腦中播放，同時他心裡也後悔著，在死前竟然沒有好好回應她的心意。

如果早知道那時候會死，那麼在她無數次跟他告白的時候，他會義無反顧的跟她說：他也喜歡她。

李奕陽不知道躺在這裡躺了多久，直到背脊僵硬，身體發麻，他撐起身子起身，又待了一會兒後才離開。

32

一離開那間屋子，整頓完心情的李奕陽立馬拿出手機打給蘿熙。

約莫經過兩、三個小時後，一輛車緩緩停在他的面前，從駕駛座下來的是蘿熙，此時時間已經將近黃昏，夕陽將整片天空都染上了橘紅色系，明明顏色是那麼暖，但李奕陽卻渾身憂鬱，彷彿天空將所有的憂鬱藍都往他身上傾倒，使他身上的憂鬱感濃烈到化不開。

蘿熙站在李奕陽面前，兩個人你看我我看你的，各自沉默都沒有說話，在經過無數秒的安靜後，蘿熙語氣溫和的開口：「要吃點東西再回研究所嗎？」

李奕陽點點頭，跟著她上車。

車子發動，蘿熙又丟了一句話，「等等吃完飯後，我帶你去個地方。」

「要去哪裡？」他開口，聲音沙啞，他沒有盯著她看，反而面無表情望著窗外那些飛逝而過的景色。

好像在某個時間點開始，他就忘了要怎麼笑、怎麼生氣了，情緒對他來說已不重要，現在的他連自己為什麼要活著都不知道。

為什麼不乾脆讓他在那一夜裡就死去？為什麼要讓他活著？

蘿熙還沒開口回答，李奕陽又開口說：「妳不是余珊娜，對吧？」

「我——」蘿熙抿著唇，神情閃爍著內疚，直接承認，「你說的沒錯，我的確不是余珊娜，對不起，我欺騙了你。」

李奕陽垂下眼簾，實在不想再跟她有任何接觸。

「總之，我對你感到很抱歉，我想你應該很討厭我吧？」說著，蘿熙拿出一份文件夾遞給他。

李奕陽好奇接過，打開後發現裡面是被撕掉的日記頁面。

「你不是問我為什麼有些日記頁面被撕掉嗎？這裡就是剩餘的全部日記。」

「為什麼要隱瞞我？」他問。

「別無他意，出發點很簡單，就只是想讓你單純的活下去，能讓你不開心的事情你知道的越少越好，最好什麼都不要知道，就那樣重新生活，這樣對你會比較好。」

李奕陽蹙眉，「但妳當時不是這樣說的，妳不是希望我能想起一切嗎？」

「那也是謊言，一個逼迫你可以繼續留在研究所的謊言。」蘿熙停頓，愧疚的看著他，「你誤以為我是余珊娜，而我就此將錯就錯，就只是為了要讓你留在研究所裡不讓你離開，我騙了你，也利用了你，真的很抱歉。」

李奕陽看著她，腦袋一片空白，那些龐大的記憶衝擊的確讓他頭痛欲裂，記憶雖然痛苦不已，但卻是他想要追求的真相。

「但我想要知道所有真相，我想知道為什麼我會在研究所裡接受你們的治療跟研究，我想知道到底發生了什麼事情。」他的情緒變得有些激動，「還有，那一夜到底發生了什麼事情？我不是死了嗎？為什麼我可以活下來？為什麼經過三十年我的外表沒有變老？」

「你先冷靜不要激動，我會帶你到某個地方，而你想知道的那些答案，我會一一的告訴你。」

蘿熙安撫著他的情緒。

蘿熙先將李奕陽帶到一間便利超商打算買些吃的東西，這年代的便利超商已經完全自動化，商店裡面沒有店員，結帳的過程都是自己動手，蘿熙隨意抓了幾樣食物，結帳後上車。

「你先吃點東西墊肚子。」她將幾樣麵包跟一瓶牛奶遞到李奕陽面前，許久沒進食的李奕陽很快地就將這些食物給掃光。

又一個多小時後，他們來到一家位在山區的靈骨塔裡。

蘿熙這時候才緩緩開口對他說：「因為我不是當事人，很多事情我都是聽從轉述的。那一天夜晚，死了將近五十多人。」

接著，她的腳步停下。

李奕陽抬眸看見旁邊那些牌位，雖然上面有些名字他不熟悉或是不記得，但是當他看到上頭的照片時，不禁呆愣住。

那些凍結時間的照片中有著他曾經感到畏懼的老爺，還有與他相處的那些弟兄們，這些人無一不慘死。

更讓他感到錯愕的是，上面竟然有女孩的照片。

余珊娜。

他顫抖著手摸向女孩的照片，腦中一片空白，原來那一夜，女孩最終還是沒有成功逃走。

然而更他覺得納悶的是，女孩隔壁竟然是寫著他名字的塔位，上頭寫著李奕陽三個字。

蘿熙見到他滿臉疑惑，開口說：「這裡面的骨灰罈是空的。」

李奕陽不解，「什麼意思？」

「讓大家以為你死了是一件好事。」

「我在那一夜是真的死了？還是活了下來？」

蘿熙將一縷髮絲塞進耳後，看著他的眼睛回答，「當時大家是真的都以為你已經死了……」

那一夜的大雪中，一名男人的軀體就躺在那裡，一半的身體被雪淹沒著，全身僵硬，絲毫沒有溫度，半闔的雙眼就那樣動也不動的盯著天空。

任誰，都會以為那是一具剛死亡沒多久的屍體。

不久後，當李奕陽的軀體被搬運到一間房間的時候，手指頭似乎動了下，眼尖的醫師發現了，立即做急救動作，急救後心臟是恢復了跳動，可是人卻從此陷入長眠。

33

「記不記得我曾經跟你提過『再生血人種』這個血脈？」蘿熙凝視著李奕陽，開口說道，她任憑髮絲因微風而拍打在她那蒼白的臉上。

李奕陽的神情很不對勁，「但我清楚知道我不可能會是——」

突然間，他止住了話語。

經過三十年的時間，他的外表卻跟以往一樣沒有變老，他要怎麼做解釋？

可笑的是，他好像無法說服自己。

於是李奕陽語畢，神情凝重的擰眉，他的思緒好混亂。

蘿熙望著他，沒有正面回答他的問題，反而緩緩開口說道：「我母親以前是研究所裡的研究人員，國家研究所長期致力研究關於『不死』以及『再生』，因此不知道從什麼時候開始，他們積極研究擁有這血脈的人種。在經過調查，擁有這血脈的人全世界僅剩不到一百人，當中擁有異常能力更不到五十人，國家研究所秘密掌握這份名單，找到了我們國家中唯一有著這血脈而且又有能力的人，為了維繫彼此關係，他們之間有簽訂契約，因此定期會有這血脈的血液檢體送達得以讓他們進行研究，原本的日子都是那麼的和平，直到某一天，事情有了變化……」

「血液？」李奕陽像是想起了什麼事情似的說：「你是指余珊娜的血？」

「對，並不是你的血，是余珊娜的血。」

沒有錯，那些送達國家研究所的血液檢體，就是余珊娜定期所輸送的血液，原來當時根本不是做庫存，而是都拿去做了研究。

蘿熙提起當年的研究內容，有一項研究是將毒性藥物注射在動物上，藉此引發動物的重大症狀，之後再將余珊娜的血液注射進去，沒有想到她的血竟然可以讓瀕臨死亡的小動物起死回生，研究人員感到欣喜與驚訝，緊接著測試了各式各樣的實驗，約莫有八成以上都有好結果，他們都覺得滿意。

然而最後，當中卻有人突發奇想的拿自己身體做了實驗。

這位研究人員故意讓身上產生傷口，爾後將那些血液滴在傷口處，傷口竟然離奇的在進行修復，原本兩三天才能復原的傷口，在短短一個小時內完好如初，宛如新生一樣。

這樣的結果令這位研究人員感到吃驚，想起家中因為癌症正接受化療的長輩，研究人員心中不禁萌生出一個想法，如果讓癌症患者喝下這些血液會有什麼樣的結果？身上的那些癌細胞會不會因此而減少？

這位研究人員的腦中一浮現出這個假說後，馬上私底下偷偷進行了幾次的動物實驗，結果如他所預期，那些已經確診癌症的動物在接受血液治療後，經由儀器檢查發現血液中的癌細胞數量有減少的趨勢。

因為這樣的結果，研究人員偷偷起了貪念與私心，於是在下個月血液送來的時候，這位研究人員謊稱說沒有收到檢體，悄悄地將那一批血液藏了起來，還故意說黑幫家族最近引入軍火打算要起叛變，只是沒有想到這麼一個小小的謊言越滾越大，不僅害了對方被滅門，同時還牽連到自己跟一起共事的同事……

「妳說黑幫家族指的是……」聽到關鍵字，李奕陽突然打斷她。

「你沒有猜錯，就是余珊娜家。」

李奕陽腦袋空白，隨後瞪大眼睛，當年所有的事情有了連結，他不禁握起拳頭，因為憤怒手臂上浮現幾條清楚的青筋，聲音因為憤怒而沙啞，表情有著不敢置信，「……就因為這樣的爛理由殺人！？」

蘿熙說到這裡，情緒變得激動，手指不禁開始顫抖，連同聲音也開始打顫，「後來政府方發現了真相，對那些研究人員下了處置，為了消滅曾經有的錯誤，所以惡劣的選擇將全部的人滅口，不管是不是無辜，通通一律殺害，我母親也在內，全部的人以命抵命，只要被牽扯進，沒有一個人能逃過……」

「妳母親？」李奕陽眼神中閃過一絲錯愕。

「對，我母親當時是裡面的研究人員，這些事情我直到長大才知道，當時的我還很小，在懵懵懂懂的階段得知母親死亡的消息，只會哭、只會恨，我恨所有政府方的人！我恨所有幫政府方做事的人！包含麗夫人，我一開始很討厭麗夫人，我覺得他們為了自己的私慾做出許多傷天害理的事情，他們不通人情，眼前只有利益，然而，卻不知道原來當年事件是那些研究人員所掀起的……」

蘿熙說到這裡，眼中的淚水落下，宛如珍珠般掉落在地，她舉起手抹去淚痕，眼睛微紅的看著他。

她喘了喘，頭低下，聲音哽咽，「我更無法接受的事情是，那個罪魁禍首……就是我的母親。」

李奕陽愣住。

「因為我外婆得了癌症，母親希望她能夠快點好，所以——」她說不出話來了。

「那妳外婆她最後怎麼了？」李奕陽好奇後續。

蘿熙搖了搖頭，「她最後還是死了。」似乎不忍再多說，她開始沉默。

李奕陽整理了一下思緒，他的神情有些恍惚，他緩緩開口：「那麼在我身上，到底發生了什麼事情？」

原先在他身上有的那些傷痕，像是小時候被父親毆打所受的傷，或是在訓練時身上產生出大大小小的傷痕，又或是老爺曾經在他身上開的槍，這些疤痕全數消失不見蹤影，而在他身上的時間彷彿被人按了停止鍵一樣，他的外表跟三十年前一模一樣，沒有任何的變化。

「余珊娜的血……救了我？」李奕陽猜測，這是他自己下出來的結論。

如果不是因為她的血，他身上的傷痕不會消失不見。

如果不是因為她的血，他此時的外表不會保持著年輕。

如果不是因為她的血，他在那夜不可能活下來。

余珊娜救了他，然後死了嗎？

蘿熙這時候的情緒已經穩定，她一臉沉重的開口，「余珊娜的血液就像寶藏一樣，引來許多的貪婪，但要不是政府方貪婪，根本就不會有那些慘事發生。」

李奕陽感到無比沉重，胸口上好像有顆大石頭重壓著他。

蘿熙說：「她的血液的確救了瀕死的你，要不然那時候的你應該早就失血過多身亡。」

「我死了不打緊，守護她本來就是我的使命，為了要保全她的性命，我可以心甘情願地把命給出去。」

只要能夠守護女孩平安，失血過多死亡又如何？

蘿熙望著他，嘴角輕輕扯起，「聽起來真感人，沒想到你對她用情這麼深，也是，在看了日記後你就一直想要找到她，在我騙你我就是余珊娜的那段時間，你看我的眼神充滿了深情，連我都差點動了心。」

最後一句也不知道是不是蘿熙的玩笑話，李奕陽沒有理會，更沒有對此做任何回應。

看著羅熙的眼眸，他說出他的猜測，「麗夫人……是我一直在找的人嗎？」

蘿熙先是愣住，緊接著笑了，「原來喜歡一個人可以這麼神奇，就算對方的外貌變了，變得根本不是原本的樣子，你還是可以認得出來啊……」

蘿熙的話驗證他的猜測沒有錯，李奕陽感到錯愕，接著沉重吐了口氣，心中滿是懊悔。

他竟然還曾經拿剪刀威脅她？甚至還不小心劃傷她？他都做了些什麼啊？

34

因為我的任性，讓李奕陽受了重傷。

如果不是因為我，他根本就不會有事。

李奕陽挨了爸爸那兩顆子彈，應該很痛吧？是不是痛到快死了？我只要一想到他中槍的畫面，我就忍不住一直哭、一直哭。

如果可以，我好想替他承受那樣的痛苦，雖然這件事情是因為我的關係，但我真的不是故意的。

但試著想想，如果子彈是挨在我身上，我一定很快就會好起來吧？

因為我是個奇怪的人。

就跟這次的重傷一樣，醫生說我身上的傷勢至少要兩個月以上的時間才會修復，我再怎麼笨也知道傷口修復是需要時間，更別說是嚴重的骨折了。

可是不到一週的時間我卻全都好了，就像沒有受過傷一樣，而且可以活蹦亂跳的。

通常骨折的人開完刀，裹上石膏的時間也要好幾個星期才能拆掉，但我是粉碎性骨折，這麼嚴重的傷卻在一周的時間痊癒，不覺得很奇怪嗎？

原本要固定回診查看傷口，這下子我還真的不敢去醫院回診了，深怕被醫師發現我身上的不對勁。

＊　＊　＊

我找了爸爸詢問關於我身上的秘密，但爸爸沒有回我，直接把我趕出房間。

爸爸是不是在隱瞞我什麼？為什麼什麼都不對我說呢？明明就有鬼！

我覺得好詭異，我是個正常人嗎？

正常人受了重傷，不可能恢復這麼快速，我到底是什麼東西？身上到底有著什麼秘密？

為了不讓別人察覺到我身體的異狀，只要走出房間我就會把繃帶纏回去，假裝自己的石膏還沒有拆掉，假裝自己還受著傷，假裝自己行動不方便。

但我討厭假裝。

每當哥哥們看我行動不方便而想來幫我的時候，我深感內疚，因為我早就好了，但我不能被他們發現我身上的詭異，所以只能假裝自己還沒好。

＊＊＊

今天又要進行輸血了。

每個月都輸血一次，我覺得好疲乏，我的血液就這麼特殊需要庫存嗎？

然而，這次在輸血的時候我腦中卻有個想法，這些血液真的都拿去做庫存嗎？是不是有別的用途，只是我不知道？

我再度去問了爸爸，他依舊不願意對我透露什麼。

他的態度讓我覺得詭異，一而再再而三的，很明顯就是對我隱瞞著些什麼！

好，不告訴我沒有關係，我自己去尋找答案！我就不信我找不到答案。

既然說我是因為血型特殊所以要輸血，那我首先得要知道我血型是不是真的屬於特殊血型。

＊＊＊

我自己找上了保健室阿姨，請她幫我驗血型，一開始她告訴我驗血型應該去醫院驗，學校沒有提供這種資源，不過可能我的個性很盧又很煩，盧到最後終於說服阿姨，阿姨替我抽了一些血，說她會幫我拿到醫院去驗，結果過幾天就會出來。

我很感激阿姨，而這件事情我沒有對任何人提起，就連消波塊也沒有提。

他是有問我為什麼要去保健室，我跟他說我去找阿姨借衛生棉，一聽到這女性用品，消波塊愣住，哈哈，現在想想他的表情有夠好笑的。

＊＊＊

血型結果出來了，我真的是特殊血型。

但我還是覺得定期輸血是為了庫存這說法有些詭異。

我的血液到底被拿去做了什麼？

做研究嗎？

難不成我的血液有什麼特殊功能嗎？

＊＊＊

我今天做了試驗，偷偷在房間拿美工刀割自己的皮膚，如果有旁人在，肯定以為我在自殘吧！不是有些青少年喜歡拿刀自殘嗎？覺得身上一堆疤痕很酷之類的，但我可沒有這種想法，我只是想要驗證我的猜測。

果真，那傷口很快的就修復好，就我所想像的一樣，我身上似乎有著快速修復的能力，但只要傷口越深，修復的能力就會越慢，修復的速度取決於傷口的嚴重程度。

我突然想到以前國小的時候，當身邊朋友受傷一段時間還沒有完全好，我還白目的取笑對方，現在想想實在幼稚，因為有問題的不是他們，而是我。

我這個人真的好有問題……

殊不知已經第幾次問自己了，我到底是不是正常人啊？

＊ ＊ ＊

又要轉學了。

對於轉學這件事情起初我覺得詭異，就好像我們家在躲債似的，每次問爸爸他也都不回答我，真煩。

為什麼要搞得這麼神秘？為什麼不好好告訴我？

我不禁開始猜測轉學是不是跟我身上的能力有關？

畢竟我是異類，我不能被發現，對吧？

如果我這樣的異類被人給發現了，我是不是有可能會被抓去做研究？

不對，也許研究早就開始了，因為我會固定被抽血。

＊＊＊

好想知道真相，爸爸什麼時候才會願意對我開口？

還是他根本就不想讓我知道這些？

＊＊＊

如果消波塊知道我身上的秘密，他會有什麼想法？

他會不會覺得我很奇怪？

我突然慶幸著我們沒有在一起，因為如果在一起，當他知道這件事情他一定會覺得我很可怕而遠離我。

余珊娜的這些日記內容中充滿著無奈、懷疑、不安，李奕陽將那些日記碎頁讀完，揉了揉額頭，沉重的吐了口氣。

在當時，即使余珊娜察覺自己的異樣，但她除了老爺以外並沒有告訴其他人，因為她覺得自己似乎是個怪物，沒有錯，就連李奕陽她也不曾對他提起過。

那時候的余珊娜才十七歲，是不是為此累積了很多心事卻都無法找人傾吐……

他深深閉上眼睛，抿著唇，他覺得無比自責，日記的碎頁因為他用力緊握而皺褶。

最後，李奕陽凝望著蘿熙，語氣有著懇求，「帶我回去，我想見她。」

35

回想起種種的一切，李奕陽嘲笑著自己蠢，明明余珊娜人就站在他的面前，他卻沒有馬上認出她來，嘴上還說想要找到她，這實在無比諷刺。

但這又怎麼能怪罪他？他一開始根本就不知道時間已經經過三十年這麼久。

此時，蘿熙開著車，坐在副駕駛座的李奕陽望著手上剛剛蘿熙給他的那幾頁零碎日記，沉重嘆了口氣。

整個路途中他的思緒混亂，過往那些片段回憶時不時的跑進他的腦中。

車子最後來到了偏僻之地，李奕陽認出這是回研究所的路，於是他開始整理起情緒，想著等等見到了余珊娜要說什麼話，壓抑住自己激昂的心情，同時卻感到有些煩躁。

很快的，來到了研究所的入口，旁邊機械聲傳來，入口的白色大門緩緩開啟，這是個充滿機密的地方，通常不會有外人進來，若要從外頭進來到這裡，需要通過層層認證才能入內。

蘿熙將車子駛進研究所裡，當車子在停車場上停好後，她卻馬上將車鑰匙丟給他，李奕陽接過後覺得納悶。

「奕陽，你把麗夫人……不對，是余珊娜，你把余珊娜帶走吧。」蘿熙開口說話，她用複雜的眼神望著他。

「怎麼了？」他不解。

「我們定期會向上面的人報告研究數據，而那些人屬於政府方的人。」蘿熙開口說話，「但關於你身上的任何數據都沒有呈報上去，其他那些觀察者雖然是用你的血液，可是報告上都是寫麗夫人的血液。」

「我聽不太懂……」

「你還不懂嗎？意思是余珊娜當年為了救你，把她的血液全數都轉移到你身上了！包含那些能力也都在你身上，所以現在的余珊娜只是位普通女人，而你成了擁有再生血人種血脈的人！你想想看，當年政府方的人之所以要抓余珊娜回來研究，就是為了要得到『不死』，如果被政府方的人知道這血液可以轉移，這樣的話你們一個都逃不了。」

李奕陽一臉不敢置信的表情，正當他處於震驚還沒回神之餘，蘿熙從身上拿出一把小刀，抬起李奕陽的手臂就是一劃，皮膚傳來搔癢刺痛的感覺，一道紅痕瞬間浮現出來，血珠凝出，當正要形成一滴血而流出的時候，那一道傷痕瞬間消逝不見。

他的眼睛瞪大，不敢置信地望著自己的手臂。

「非得要親眼見到才會相信吧？雖然我騙過你，但相信我，這件事情我絕對沒有騙你。」蘿熙說：「而且傷口恢復的速度似乎變快了，以前這樣的小傷口，大概要一個小時的時間才恢復成原本無暇的樣子，不會有任何疤在。麗夫人隱瞞血液轉移這件事實，讓政府方的人以為她身上的血液還有這些能力，她把你整個人藏了起來，為的就是別讓人察覺血液可以轉移這件事情。」

李奕陽蹙眉，一堆資訊突然來襲，他整個混亂。

「加上有一個人一直代替著你，讓人誤以為那是已經變老的你。」

蘿熙的這句話讓李奕陽想到偶爾會跟他聊上天的那位中年男子，他雙手充滿傷痕，要不是身穿著病服，估計身上也都是傷痕吧。

意識到這件事情，李奕陽原本的蹙眉，現在夾雜了錯愕。

「看你的表情，我想你應該猜到是誰在代替著你了吧？我還曾經看過你跟他談話過，而麗夫人之所以待在他身邊，也是因為要讓其他人誤以為那個人是你。所以，趁著上層的人還沒有發現的時候，趕緊把麗夫人帶走吧，你不是一直想著她嗎？那就應該帶她走啊……」

兩人這時候來到了室內，走廊上剛好巧遇杜善影，他一見到李奕陽，痛哭流涕的感動表情立刻呈現出來，他小跑步的來到他們面前，「我的老天啊！你怎麼擅自亂跑出去，如果發生了危險怎麼辦？如果因此受傷了，要復健的課程可是又會加上好幾堂的欸！」也不知道他是不是在開玩笑，李奕陽淡淡說了聲抱歉。

「呃，我的話別當真啦！真是的，你突然道歉害我覺得有些內疚，畢竟你離開後我的負擔減輕許多，這樣放放假也好，讓自己的身體休息休息。」

蘿熙無言地看著他，開口問：「麗夫人呢？」

「一個小時前她正在做視訊開會，報告這周的研究結果給上層的人，現在應該開完會在休息了吧。」杜善影語氣輕鬆，相較之下，蘿熙卻緊擰眉頭。

下一秒蘿熙看向李奕陽，「走吧，跟我來，我帶你去麗夫人的辦公室。」

「你們找麗夫人要做什麼啊？」杜善影好奇的問。

「你別管這麼多，識別證下次記得收好。」蘿熙語氣冰冷的對他說，頭也不回的走了，留下的杜善影因為被她提到傷心處，原本輕鬆自在的臉變得哀怨。

接著，蘿熙帶著李奕陽穿越過白色走廊，轉了好幾個彎，最後走進電梯裡。

隨著腳步邁進，李奕陽覺得越來越緊張，他不知道等等該用什麼表情面對余珊娜，她會不會抱怨他為什麼沒有在第一時間就認出她來？她會不會抱怨他為什麼把她當作陌生人看待？她會不會對他有著責怪與怨懟？

辦公室門被敲響，李奕陽的心跳聲也同時加快。

裡頭無人回應，蘿熙直接轉開門把走了進去。

房間內沙發上，麗夫人因為疲累閉上雙眼撫摸著額頭，似乎聽到腳步聲，她抬眸看向聲音者，卻瞬間愣住了。

「你、你們……？」她眼睛睜大，啞口無言。

然而她的訝異只維持一秒鐘而已，她目光看向蘿熙，「怎麼回事？我不是要妳離開這裡嗎？」她的語氣中有著責怪。

「……離開？」李奕陽疑惑看向蘿熙。

原來蘿熙不是來接他回來的？

蘿熙抿著唇，正色著說：「就算要離開也是妳跟李奕陽一起離開，而不是我跟他。」

「但這裡必須有人留下才行，我貢獻這麼多心力在研究上，政府方的人不敢對我怎樣，所以妳是可以離開的。」麗夫人說。

李奕陽從剛剛進來到現在都沒有說話，只是用股複雜的眼神望著麗夫人的外貌，她的頭髮有些灰白，但那雙依稀還靈動的雙眼卻如此的熟悉，還有一些懷念的小動作，她習慣在抿唇的時候會微微撇著嘴，在沉思的時候手指會摳一下大拇指的指甲片，最後他開口叫了她真正的名字，「……余珊娜。」

麗夫人瞬間愣住，凝望他的神情有著訝異，她反射性地想要開口否認自己不是這個人，卻好像有什麼東西卡在喉嚨那裡似的，怎麼用力聲音都發不出來。

已經好久好久沒有人用這個名字叫她了。

彷彿，所有的一切都回到三十年前、回到事件發生之前的某天平凡日，她雙手高舉著慶祝自己考上醫學系，父親、叔叔與哥哥們還有李奕陽等人替她高興著，而接下來她進入了夢寐以求的大學，在裡面完成學業拿到證書，並且考上醫師執照。

「妳不用否認，我都知道了，蘿熙都告訴我了。」李奕陽的聲音打斷她的思緒，他正凝望著她，表情顯得有些難過，「我心裡有好多好多的話想跟妳說，卻不知道該怎麼起頭，我覺得好混亂，也覺得好難過，妳為什麼要犧牲自己來拯救我，我根本就不值得妳這麼做。」

麗夫人愣愣地看著他，最後她垂下眼簾，緊抿著唇，但顫抖的雙唇卻透露她此刻那已不平靜的情緒，她不僅是雙唇在顫抖，渾身也在顫抖著，明明已經清楚李奕陽始終會知道她的真實身分，但兩人那相隔數十年歲月的外表卻讓她沒有自信與他對上眼。

突然間，她頭部一陣暈眩，身體晃動了幾下後，突然往前倒。

李奕陽下意識地伸手接住她，卻發現她的身子好輕、好虛弱，這三十年她一個人承受了多少的不得不？為了他，她不得不待在這裡、不得不花大把的歲月投入於研究、不得不與這些殺了他家人的人相處著……

李奕陽想起這些，抿唇的力道不禁變大力，手也不禁緊握成拳，浮現出青筋。

這些沒有他的日子裡，她所過的生活有多麼委屈？

蘿熙替麗夫人做了些簡單檢查，「沒事，應該是受到驚嚇，沒有多久就會醒來了。」她要李奕陽不用太擔心。

果真，約莫五分鐘的時間過去，麗夫人緩緩睜開眼睛。

渙散的眼神漸漸聚焦，緊接著對上眼的是李奕陽那充滿擔憂的眼眸，她靜靜凝望著，幾秒鐘後終於意識到這一切自己不是在作夢，而是真實發生的事情，她沉思了一下，冷靜對著他說：「你不該回來的。」

李奕陽想緊握住她的手，而她的手掌上有著簡單的包紮，是他在離開實驗室時誤傷了她的傷口，意識到這件事情，握住的力道減輕，「在我知道妳就是我要找的人後，我怎麼可能不回來找妳？余珊娜，妳究竟要我欠妳多少？」

麗夫人想抽回那被握住的手，卻又不忍抽回，就那樣繼續被他的手包覆住，貪婪感受屬於他的溫度。

李奕陽再也不想放開這手，過去的他將她推離身邊好幾次，讓她傷心、讓她難過、讓她掉淚，現在以及未來他再也不想放開這雙手了。

「是因為在過去我經常把妳趕走，所以現在換妳來把我趕走嗎？我告訴妳，不管妳怎麼想把我推離，我就是不會離開，我就是要待在妳身邊。」

「李奕陽，我已經老了，我這樣的外表已經不是當初那樣——」

「我不在乎這些，如果妳在乎的是外表，那我可以再度變老，這樣我們就一樣了，妳沒有經過我的同意就把我變成這樣，這樣妳豈不是要負責到底？把我丟在一個沒有妳的世界中，我要怎麼撐過來？前陣子那些日子，我就是秉持著想要見到妳的心態才撐下去的，既然現在知道妳在這裡，那我更不可能走了。」

他的話讓麗夫人拼命忍住的淚水終究滑落了下來。

三十年的時光很長，她經歷將近一萬多天沒有他在身邊的日子，早就習慣了一個人，可此刻這麼近距離的看他，她卻無法控制自己那拼命掉下的淚水，就在這時候她才了解，原來自己並不是習慣孤寂，而是不自覺的將那些寂寞埋藏在心中深處，對此視而不見，然而現在寂寞化為淚水不斷湧出，讓她再也無法忽略，流淚的同時，心也跟著微微抽痛。

稍微冷靜後，麗夫人抹去臉上的淚水，凝視著那張思念的臉，忍不住伸手觸摸。

互相思念對方的兩人凝望著彼此，不禁笑了。

36

余珊娜自小就被保護周全，不論走到哪裡，身邊總是有老爺的手下暗自保護著她，她都會喊他們大哥或是叔叔，而他們也都對余珊娜很好，把她當作自己的妹妹或是女兒疼愛。

也因為仗著身邊有人保護，加上平常學習很多防身術，因此有時候她會毫無節制放肆的玩樂，一來是因為她覺得反正有人注意著她的安全，在她面臨危機的時候會即時出現救援，二來是因為她對世界以及未知的事物充滿許多好奇心，她正探索著。

她沒有就讀幼兒園，國小的時候甚至是老爺聘請家教老師對她一對一教學，可是她求學慾旺盛，老爺經過再三考量下，在國中的時候才替她找了間學校就讀，而當時有派遣一位手下佯裝成是她的同班同學暗中保護她。

由於余珊娜的直率性格加上天不怕地不怕的態度，有時候在學校會惹出一些事情來，比如她第一次在學校惹事就是因為看到有同學被霸凌。

當時被霸凌的那位女同學就坐在她旁邊的位置，常常哭哭啼啼的，余珊娜問她發生了什麼事情她都不說，是直到有一次她在經過校園某個角落時聽到毆打聲音，向前一看才發現身邊那位女同學正被欺負著，那些霸凌者在她身上倒飲料，好幾次的拳打腳踢她都不敢還手，就這樣默默承受這些對待。

余珊娜看不下去，直接上前吆喝制止，霸凌者要她別多管閒事，要不然下一個遭殃的就是她，豈知余珊娜沒有知難而退，反而被刺激到，直接當下就給對方一個過肩摔！

對國中生而言，余珊娜這樣的反應是他們萬萬沒有想到的，全部都驚訝愣住，那位帶頭的霸凌者不甘示弱，抬起腳作勢要踢她，豈知余珊娜輕易地抓住她的腳，往反方向用力反折，這讓那位霸凌者因為吃痛重心不穩而跌倒，其他人紛紛跑掉，那位霸凌者受刺激再度作勢要朝她身上打，而余珊娜讓她吃了一拳。

這件事情最後是學校通知老爺的，余珊娜向他解釋來龍去脈，但老爺看似懊惱摸了摸頭，開口要她別多管別人的事，在學校理應要認真學習，其他的事情對她來說都不重要。

余珊娜不解，正當她有所疑惑的時候，老爺突然對她說：「時間差不多三個月了，看來這學校不適合妳，我會向學校辦理轉學，下星期妳就到新學校報到。」

老爺丟下這句話，不給她任何提問的機會，轉身離去，丟下滿是納悶的余珊娜。

於是從此開始，只要她在學校發生任何一點事情，不管這事情是不是她所造成的，老爺都會讓她馬上轉學離開學校。

但即便如此，余珊娜沒有更改她那見義勇為的性格，只要有任何不公的事情被她看見，她都會上前多管閒事。

偶爾，在這些過程她會受到一點傷，正常人兩三天就會修復的傷口，她一天就能夠修復好，完好如初的樣子好像不曾受過傷似的，但這對她來說，因為這是一直以來在她身上發生的事情，所以她並不知道自己異於常人，她以為這是正常的。

曾看到朋友們身上傷口過了幾天都還沒有修復的時候，她還愚笨地嘲笑對方身體太差，也很慶幸當時那些朋友們因年紀幼小，容易被影響想法，因此並沒有想太多。

於是就這樣從國小到國中，從國中到高中，余珊娜就這樣成長到了青春期，她在青春階段的時候再次遇到了李奕陽這個人。

一開始對於李奕陽的印象依舊是小時候那弱不禁風的模樣，可是許久不見，李奕陽變了很多，讓她訝異的是，老爺竟然讓李奕陽佯裝成是她的同班同學，就這樣光明正大地守護著她。

她也在與對方相處的過程中，對他產生了好感，這份初戀讓她嘗試到第一次心動，同時也體會到第一次心痛的感覺，只是她越挫越勇，從小被百般疼愛的她養成她一副天不怕地不怕、敢愛敢恨的性格，傷心的時間沒有很久，她很快就振作起來了。

為了讓李奕陽也喜歡上自己，她試了很多方法，答應跟學長交往，甚至直接對李奕陽直球告白，卻都沒有得到好的結果，李奕陽沒有任何的反應，對於她完全無動於衷，冷漠得有如冬天的雪，碎雪紛紛飄落而下，想抓住什麼卻什麼都抓不住，給予的只有寒冷。

那時候的她為了要氣李奕陽與學長共乘一台機車出去瘋狂，最後發生了車禍，這場車禍當中，余珊娜因為人坐在後座，撞擊當下她整個人騰空飛了出去，傷重程度比學長還要嚴重許多。

而這時候的她已經有了些常識，知道身上這些嚴重傷勢一定得要經過兩個月以上才會修復，所以還不到一週的時間，當她覺得不痛的時候，就自行把手上跟腳上的石膏給拆除，只是見到那已經痊癒的傷口時，她呆愣住了。

回想起之前那些傷口快速復原的種種，以及對照身邊朋友身上那緩慢復原的傷口，她覺得很不對勁。

於是余珊娜跑去找她父親想要問清楚，究竟為什麼身上有著離奇現象的發生？

「爸爸，你是不是對我隱瞞了什麼事情？我身上到底發生了什麼事情？為什麼我身上的傷口這麼快就好？這是骨折欸！甚至是粉碎性骨折，一般人需要花兩個月以上的時候才能夠完全復原，但我卻不到一個禮拜的時間就全好了？這是為什麼？」她的眼睛中有著震驚，情緒跟著激動。

然而，老爺的態度冷漠，他從頭到尾都是用冷淡的眼神看著她，沒有直接回答她的疑惑，反倒把她趕出了房間。

余珊娜從老爺的反應得知，她身上有著難以解釋的秘密，而這個秘密是連老爺都不願讓她知道的。

這是因為什麼原因？

她更大膽的推測出，或許老爺要李奕陽拚死拚活的守護她不讓她受傷，只是個不想讓她這麼快發現身上秘密的藉口，她更想到每個月自己都會定期輸血，那些血液真的拿去做庫存嗎？還是拿去做了什麼事情？

37

余珊娜為了驗證自己的推測，她私下找了學校保健室裡面的護理師阿姨，請她幫忙驗證血型，護理師阿姨雖然感到納悶，但並沒有多問，過幾天後就告訴余珊娜說她的血的確屬於特殊血型。

即便如此，余珊娜還是懷疑著，直覺告訴她，她不相信那些定期輸血的血液真的拿去做庫存。她甚至對自己的身體偷偷做了些測試，比如拿刀向自己的手臂劃出傷口，那傷口在當天就完全修復，忍著痛，傷口劃得再更加深入，雖然修復時間變得比較慢，但依舊完全修復，沒有任何的疤痕與結痂。

仔細回想身邊朋友身上所受的傷，從來沒有這麼快就復原。

這樣的疑問憋在心中，她找不到人可以抒發、找不到人可以討論，曾經想要對李奕陽開口，但最後並沒有開口。

她到底是什麼？為什麼傷口修復會比一般人還要來的快速？她是人類嗎？她會不會……根本就不是人類呢？

在她身上發生這樣不正常的事情，李奕陽知道後會不會把她當作是怪物看待？他會不會在知道後就真的不理她了？余珊娜不知道他會有什麼反應，但是她感到害怕，因此她最後選擇了安靜、選擇了隱瞞、選擇了什麼都不說。

只是直到那晚事件發生的當下，余珊娜依舊什麼都沒有說，也依舊沒有替這些疑惑得到任何的解答。

那天晚上，政府方的人破門而入團團包圍，躲在二樓的余珊娜悄悄的問：「李奕陽，你知道他們要的是什麼東西嗎？」在問出這問題的當下，她不禁躲避他的眼神，不想讓他發現自己的不對勁。

李奕陽渾然不覺地搖搖頭，說東西可能藏在老爺房間的保險櫃裡，於是余珊娜裝作不知情的說要去拿，老爺房間內的保險櫃順利被打開，她在裡面看到了一份合約書，由於不能讓李奕陽發覺她的不對勁，她藉著昏暗燈光快速地瞄過那份合約書，上頭寫著與政府方之間的秘密交易，那交易是有關於自己的血液。

見到合約書上的內容，她先前所推測的想法果然沒有錯，定期輸送的血液並不是拿來做庫存，而是政府方的秘密研究，因為她身上那些異於常人的傷口修復速度，所以血液才被拿去做研究分析。

抱持著複雜的心情，她快速將注意力放在一旁的首飾，說著：「這是我媽媽留下來的首飾。」說完後，她假裝懷念似的拿起其中一條月亮型鑲著寶石的項鍊，而李奕陽也沒有發現她的異常，表現出有些感慨的樣子。

余珊娜偷偷觀察著他，不禁吐出：「李奕陽，你覺得……政府他們要抓的人會不會是我？」

「那妳知道他們為什麼要抓妳嗎？」李奕陽反問她。

余珊娜搖頭，「……我不知道。」

其實她知道原因，可是不知道這原因背後的目的是什麼？

她更不知道與政府方多年勢不兩立的黑道家族，實際上兩方竟然有著合約的關係，這些資訊一下子衝擊著她，她不知道下一步該怎麼辦才好，尤其在這樣的緊要關頭上，她又該做出什麼樣的選擇？

余珊娜的腦袋快速閃過一些想法，最後她鼓起勇氣做了個決定，她決定讓自己站出去，去結束外頭那緊繃的氣氛。

「李奕陽你想想，如果他們要抓的人是我，那麼只要我出去，就不會有人死。但如果我遲遲不出去，就可能隨時會有人犧牲。」她看著李奕陽，聲音哽咽，「我不要任何人為我而死。」

但事情到後來，還是有人為她而死了，而且不是只有一個人。

余珊娜哭著、崩潰著、吶喊著，內心彷彿被狠狠挖了一道永遠好不了的傷痕，實在好諷刺呀，那些在身上的傷口讓她體會疼痛的時間都比別人短，但這一次心中的傷痕卻永遠好不了了。

她的眼淚沒有停止過，感受到身邊李奕陽的生命漸漸流失，她眼淚流得更兇，她抱著他，崩潰大哭，「李奕陽、李奕陽……你不准睡著！聽見沒有，你不准睡著。都怪我這笨腦子，想這什麼計畫，爛死了，他們是政府的人，怎麼可能不知道誰是血液提供者，剛剛我們就不應該站出來搶鋒頭的……我總是不斷地在闖禍、我總是不斷的在製造麻煩……我總是這麼自以為是……」

「但這刀傷，可沒有老爺開槍來的痛……」李奕陽卻在這時候說了個玩笑。

「都什麼時候了你還在開玩笑。」

「妳快走，我流太多血已經走不動，妳趁現在快點跑，能跑多遠就多遠，千萬不要停下腳步。」

「我不要，我要待在你身邊。」她堅決。

雪紛紛飄下，寒冷來襲，籠罩著兩人，李奕陽身上的溫度漸漸消失，意識也漸漸消失。

「快走……」用盡最後力量，他吐出這兩個字。

余珊娜不斷哭著，將臉上的淚痕抹去，喘著氣，她絕望看著他，「……李奕陽，給我聽著，你要記得一件事，我喜歡你……就算你死了，也千萬不要忘記我喜歡你。」

說完，她吻上他的唇，留戀般的看了他一眼，接著狠心丟下李奕陽後轉身跑離那個地方，她使勁的逃跑、賣力的跑著。

然而，最後還是被找到。

38

約莫過了兩個星期的時間，余珊娜在一家超商裡被找到，那時候她無家可歸也無處可去，用身上僅剩的一點錢，只能在超商解決三餐，也在超商內隨意擦澡清潔，被找到後她不斷地反抗尖叫，但徒勞無功。

「初次見面，妳好，余珊娜。」雪白又乾淨的房間內，她眼前的女人穿著一身白袍，皮笑肉不笑地看著她。

余珊娜撇過頭，連看都不願意看她，連一個字都不願意吐出，她厭惡所有的一切，打從心裡希望眼前這些政府方的人徹底從世界上消失。

「我想妳多少應該有猜到為什麼政府方的人要抓妳。」女人說，即使余珊娜並不知道眼前這女人是什麼身分，但對方散發著危險的氣息，她覺得這女人應該不好惹。

女人的外表看起來年輕，可是臉上的笑容卻如此不自然，線條僵硬，似乎在她臉部注入了不少的醫美技術來維持這樣的加工美貌。

余珊娜沒有開口回話，態度冷漠，女人也沒有因此而動怒，反而囑咐身邊的手下抓住她，跟著她走到某個地方。

這裡不知道是哪裡，所經之路都是大理石潔白的反光地板以及無暇的白色牆壁，空間很大，碎亂的腳步聲在這空間內此起彼落的迴盪著，製造不少的聲響，偶爾會有幾位穿著白袍的人經過，看起來似乎是某個神聖但卻充滿機密的地方。

余珊娜被帶到某個房間內，房間的中央有張床，床上正躺著一個人，旁邊有些醫療儀器設備，那個人的手吊著點滴，她猜測這裡是病房。

余珊娜本來是面無表情的，只是當她看清躺在床上那個人是誰的瞬間，瞪大眼睛，還以為自己看錯。

「李……李奕陽？」她愣愣地看著陷入昏迷的李奕陽，一臉不敢置信的模樣。

女孩慢條斯理的行為讓她感到反感，她對余珊娜笑了笑，露出著不自然的可怕微笑，「瞧，終於有反應了呀？」

剛剛的余珊娜一副宛如面對世界末日般的死灰表情，而現在終於在她身上看到別的情緒表現。

「妳這賤女人對他做了什麼事情？」余珊娜對她怒吼，充滿殺氣的瞪著她，眼白因為憤怒有著血絲，加上凌亂的頭髮，乍看之下就是個瘋女人。

「別誤會，我可沒有傷害他，相反的還吊點滴讓他補充營養。妳應該要感謝我們發現了他吧？沒有想到除了滿屋子的屍體，外頭竟然躺著一具屍體……不對，他還活著，不能算是屍體。」

滿屋子的屍體？

余珊娜聽到這句關鍵話，身上開關似乎被打了開，她發瘋似的朝著那女人大吼謾罵，刺耳的尖叫聲充斥整個房間，要不是她雙手受到身旁人的桎梏，不然她真想馬上衝上去殺了眼前這個女人。

「可不可以有氣質一點，明明是個漂亮女生卻跟瘋子沒兩樣，妳這樣以後可是沒有人敢娶妳的。」更可恨的是，眼前這女人的態度維持著優雅，一附誰都不可侵犯的高貴模樣，讓余珊娜的情緒更加激動。

她想殺了她！她想殺了她！她想要殺了她！！

她的家族一夕之間全部死亡，她的爸爸與那些寵愛她的叔叔跟哥哥們全數身亡，沒有任何一個人倖免，除了躺在病床上正昏迷的李奕陽。

「他叫李奕陽啊？我們根據他的指紋查到他的身分，他並不是叫這個名字，而且他被政府列為失蹤人口，原來是你們家族收留了他。」女人看了余珊娜一眼，余珊娜則是咬牙瞪著她。

女人繼續說：「我想問的是，妳一定對這個人做了什麼，所以他才沒有死的吧？」女人伸手摸了她的下巴，洞悉般的眼神望著她看，余珊娜撇過頭躲開她的碰觸與注視，但下一秒女人卻緊緊扣住她的下巴不放，這惹得她因為疼痛而哀叫出聲。

女人輕吐著話語，屬於她的氣息直接吐在余珊娜的臉上，那過分濃厚的香水與這女人身上的氣質一點都不匹配，她緩緩開口，聲音毫無溫度，「妳身上所流著的血脈有著難以解釋的現象，這妳應該知曉吧？從以前到現在，妳一定有受過傷，是不是對於傷口快速修復的現象感到疑惑？是不是覺得自己異於常人？是不是曾經覺得自己是個怪物？」

女人的話戳到余珊娜的心中深處，這些疑惑她憋在心裡很久了，直到現在她都不曉得這原因，於是她瞪大眼睛愣愣地看著她。

她突然想起訣別時落在李奕陽唇上的那個吻，那個吻有著她的血，而李奕陽吃到了她的血……？

「……妳知道些什麼？」余珊娜的聲音帶了沙啞，她收起如同爪牙般防禦的激動情緒，滿臉錯愕。

「我當然知道，而且我知道的事情比妳多了，妳爸爸為了隱瞞，應該什麼話都沒有跟妳說吧？」

女人緩緩開口，向余珊娜述說著關於再生血人種的秘密，同時提到黑社會家族當時的創立跟守護血緣有關係，另外更提到黑社會家族與政府方之間亦敵亦友的微妙關係。

最後，她語重心長的說：「只是關於妳的血液，還沒有研究徹底，數據收集的量還不足夠。」

余珊娜從這句話了解對方想表達的意思，她不屑的說：「所以現在把我抓回來，是想要繼續把我當作研究對象嗎？我告訴妳，我拒絕！我才不要配合！我要你們所有人都去死！」

「反正妳也逃不出我們的手掌心，何必呢？好好配合對妳只有好處沒有壞處，而且，妳想不想讓李奕陽醒來？」

聽到這句話後余珊娜愣住。

女人知道自己抓到她所在意的點，像得逞一樣嘴角翹起，臉上笑容加深，「李奕陽的身體經過詳細檢查，他因為失血過多連帶造成器官衰竭，腦部因為缺氧陷入長期昏迷，昏迷指數只有四，我必須老實說，他醒來的機率微乎其微。妳身上的血脈還沒有研究徹底，或許有一天，妳的血可以讓他清醒也說不定，我雖然不能百分之百跟妳保證他會醒來，但醒來的機率一定會因為我們的研究而大幅提升，不過條件是妳願意參與研究提供血液，而我們這邊除了維持他的生命，還可以提供無限的資源給妳享用，這樣妳覺得如何？妳很喜歡他吧？難道不希望他能夠甦醒與妳繼續相愛嗎？」

她很喜歡他，真的很喜歡他。

即使李奕陽從來不肯承認他也喜歡她，可是她可以感受到他想守護她的那顆心，以及那若有似無落在她身上那有著愛意的眼神。

他都捨命救了她，那她也願意捨命拯救他。

經過三天的考慮，余珊娜決定答應女人的提議。

39

女人名字叫紀薇安，是學術界的權威，她的身份是名醫生，同時也投入於研究，年紀約莫六十歲，只是似乎為了保持年輕而在臉上做過無數次的醫美，導致她的笑容跟臉部線條極為不自然，就好像在臉上戴了一副人皮面具一樣的假。

紀薇安身上有著豐富的醫學知識，余珊娜就這樣待在她的身邊學習，而紀薇安也不避諱地將身上所知道的知識傳遞給她。

每天晚上，余珊娜會來跟陷入昏迷的李奕陽說話，李奕陽安靜的睡在床上，俊美的外貌有如藝術雕像一樣精緻，只是他動也不動的躺在那裡。

他是她存活的動力來源，如果他也死去的話，那她真的連活下去的意義都沒有。

為了李奕陽，余珊娜強迫自己投入於醫學相關的知識中，說來有些諷刺，她的確是對醫學有著濃厚的興趣，甚至希望自己能夠當醫生，只是沒有想到自己獲取醫學知識竟然是用這種方式。

有一日，她在研究所內見到了年僅六、七歲的蘿熙，紀薇安向她解釋她是之前一名研究人員的遺孤，現在是研究所裡的人在養育，余珊娜好奇那女孩的身世，紀薇安沉默了幾秒鐘後才對她說出當年那事件的後續。

原來造成當年事件的背後原因，竟然是其中一位研究人員起貪念，政府方為了懲罰那些人，也為了給其他人做警惕，將那位研究人員以及共事的同事們通通做了處置，採取連坐法的方式將每個人處以死刑，執行者朝著那些人的頭部開槍，每位研究人員的死狀悽慘。

余珊娜面無表情地聽著這段敘述，心裡覺得震驚，表面上卻刻意譏笑著說：「明明是政府方的人，做起事情卻比黑社會還要來得可怕跟不通人情，你們遲早會走向內鬥。」

紀薇安卻否認她的觀點，慢條斯理的回答：「不，就是因為採取可怕的連坐法管理制度，政府方看中大家都貪生怕死的這個弱點，用這樣的制度逼迫大家彼此監督，加上那事件殺雞儆猴的效果，妳覺得裡面還有人敢叛變嗎？」

這讓余珊娜徹底無語，不知道該說什麼話，殘害他們家族的罪魁禍首是政府方的人，而殺了那名罪魁禍首也是政府方的人，這讓她覺得心情複雜。

現在的余珊娜身在政府方裡，她可以自由行走，若想要透氣也可以外出，她深知這是交涉的內容，只要她願意定期提供血液，也能定期被政府方的人保護，角色完全取代了過往黑社會家族的庇護。

但她心中依舊懷念著以前那些與李奕陽還有其他哥哥們相處的日子，那段時光是如此的有溫度、有歡笑，而不像在這裡所感受到的只有疏離與冷清。

日子就這樣一天又一天一年又一年的度過，最後紀薇安因為年紀大而身體變得虛弱，行動變得緩慢，可是依舊沒有放棄研究這件事情。

直到有一天，紀薇安凝望著余珊娜，感嘆說：「要是以前的我，會直接衝動地要妳將血液給我喝，即使不清楚會有什麼後果我也想試試，但最後我又仔細思考，何必讓自己這麼累？苟活有什麼用？死亡是人生的終點，也是漫漫人生的解脫。」

余珊娜看著她，神情複雜，眼前的紀薇安一開始讓她討厭至極，甚至是怨恨，卻在相處的過程中對她產生了崇拜與嚮往，她不藏私教導她的所有，不厭其煩回答她一題又一題的醫學問題，最後將她培育成一位優秀的學生，甚至是一名年輕又厲害的研究學者。

「可惜妳無法完成醫學系的學業，妳如果當上醫生，一定是位優秀的醫生。」紀薇安她用遺憾的目光凝望她，言語與眼神當中透露著可惜。

余珊娜因為李奕陽的關係，決定讓自己投入於研究這一塊，結合所學到的那些醫學知識，在這些年期間，她協助紀薇安做了很多的研究，發表很多篇文獻期刊，而她的初衷始終都謹記在心中沒有遺忘，就是她想要藉此讓李奕陽從長眠中甦醒。

又過了些日子，紀薇安在某天的睡夢中逝世。

余珊娜依舊會定期提供血液給研究所，在紀薇安逝世後，她接手研究所的管理與研究，也接手了許多重要的研究數據跟研究成果，她讓自己更加投入於研究中，不僅發表許多文獻，也研發出不少對病患有益的產品，甚至因此受邀到各個學術單位去演說分享，但她紛紛婉拒這些需要拋頭露面的機會。

在這些年她發現自己的外表似乎停留在十七歲左右，即便過了很多年，她的外表都沒有任何的改變，她不會變老、受傷可以快速修復，這樣的她根本就不是正常人。

也因為她那不會變老的外表，她深知若被研究所以外的人發現了，一定會被拿出來討論一番，這也是政府方將她藏起來的原因之一，一旦被人知道她血液的秘密，肯定會造成難以預料的後果，因此外界只知道紀薇安有個很強的弟子，繼承了她的衣缽，但並不知道長相也不知道年紀，只知道有個不知道是本名還是代號的字，叫做：麗。

當然，余珊娜她並沒有忘記關於她血液的研究，在這期間她對於血液也做了許多動物實驗跟臨床試驗，她發現她的血液雖然能夠讓一些嚴重疾病好起來，可是並不是萬能。

余珊娜也有試著在李奕陽身上做過一些試驗，她曾經將自己的血液注射進李奕陽的身體中，也曾經將從她脊髓中萃取出來的幹細胞注射到他的脊髓裡，監看儀器顯示，李奕陽的腦部因為這樣似乎有短暫的運作，但只維持幾天的時間而已。

由於他的腦部受損程度高，若要恢復成正常的機能，可能需要大量她的血液。

於是最後的最後，余珊娜想到換血療法。

一般醫學所提到的換血療法是使用病患本身的血液，利用血漿分離術將病患體內不正常的血漿換掉，同時間輸入健康的血液進去，意思是先將血液淨化乾淨，將對身體有害的分子以及蛋白質去除，接著再將淨化後的血液輸入到病患身上，而余珊娜所想到的換血療法，是將病患的血液輸送出來的同時讓自己的血液輸送進去。

這樣的理念聽起來離奇，成功機率未知且不曾做過臨床試驗，但余珊娜想要直接嘗試看看。

她所想出的方法需要大量的血液，若使用自己的血液，相當於是把身上全部的血液給輸送出去，風險相當大，但一想到當時僅僅的幾滴血就讓李奕陽逃離死亡陷入長期昏迷，那如果是大量的血液，說不定就能夠讓他甦醒過來，光是這樣的推測在她腦中浮現，她就感到躍躍欲試。

這樣的規劃她暗中籌畫了許久，但為了避免其他研究人員的口舌她一直沒有執行，直到十年、二十年、三十年過去了，當她成為研究所裡面最資深的研究學者時，她開始執行這樣的試驗，並且找來已經當上醫生的蘿熙來協助。

蘿熙在一開始是討厭她的，因為自己的母親慘死在政府方之下，但當她知道了事件真相後，她放下心中的成見，虛心跟在余珊娜的身邊學習，在研究上也是有些不錯的成就出來。

這時候的余珊娜已經快五十歲，但依舊維持十七歲的外表，研究所內許多人都以為她會保持年輕是某種疾病所導致的，關於她血液的秘密除了已過世的紀薇安跟蘿熙知道之外，就只有政府方上層的人知曉而已，但也因為余珊娜的能力很好，所以其他人並沒有因為她那不符合年紀的外表就對她有著不敬的態度，每個人都對她十分尊敬，就如同紀薇安還在世時，這裡的人對她的崇拜與敬仰一樣。

他們選了一天特殊日子執行這項計劃，余珊娜望著李奕陽那安詳的睡顏，從事件發生到現今已經經過將近三十年的時間，此刻的他已沒有青春洋溢的外表，而是成了一名中年男子，帶了點頹廢與滄桑，但並不減他的俊美魅力。

余珊娜伸手摸向他的手，呢喃般地說著：「我們很快就能相見了，對吧？」

說完後，余珊娜躺在另外一邊的床上，緩緩閉上了眼睛。

開始執行後，余珊娜感受到體內的血液緩慢流出身體，同時間接受著血庫中的血液，她閉上雙眼，腦海中浮現出三十年前與李奕陽之間相處的種種，即便過了那麼多年，那些記憶對她來說彷彿昨日才發生一樣，每一幕畫面都如此的深刻，就好像烙印在腦中一樣，她想起他們之間相處的點點滴滴，不管是快樂的、悲傷的、憤怒的、難過的、喜悅的回憶，紛紛都在腦中喚醒。

一滴淚水就這樣沿著眼角滑落了出來，她逐漸失去意識。

約莫經過十二個小時，當余珊娜甦醒的時候，她面對的是自己那充滿皺紋的雙手，以及在這年紀應該要有的衰老容貌。

40

從此之後，余珊娜要所有人喊她麗夫人，同時間她請來畫家幫她畫了一幅屬於自己的肖像畫，將這幅肖像畫掛在研究大樓的一樓大廳內，供為展示。

也就在這個時候開始，她不再婉拒外界那些演講邀請，於是原本保持著神祕的形象，終於讓人見到紀薇安引以為傲的弟子——麗的真實面貌。

對於她因為血液轉移而導致一夕之間變得衰老的結果，引起政府方上層的質疑，她所給予的答覆是因為血液一下大量輸出而導致的後遺症，雖然有著這後遺症，可是血液功能依舊還在，也不知道上層的人有沒有聽信她這些胡扯出來的說法，但她所給出來的片子跟數據張張佐證著那些受試者依舊接受她血液的治療。

而李奕陽的外表在接受余珊娜的血液後，瞬間回到他當時出事件發生的模樣，連原先身上有的傷口也都消失不見，麗夫人看到這樣的變化，不禁打從心裡笑起。

「這三十年的時間，我替上天還給了你，你可要好好珍惜。接下來的幾年直到你死去，你身邊不再會有任性又驕縱的余珊娜需要你煩惱，不再會有經常耍公主病的余珊娜需要你隨時注意，不再會有經常闖禍想讓你關注她的余珊娜……不再會有硬是要你接受她的余珊娜了……」她對著床上的李奕陽說著，也不清楚他能不能夠聽得到，但她還是說盡了這些年她想對他說的話。

過往那些青春的回憶片段，就此化為塵埃隨風飄散，不再留戀。

過了幾個月，余珊娜從蘿熙那裡聽聞李奕陽甦醒的消息，她感到欣慰，對她來說，即使現在要她去死，她也沒有任何遺憾了。

「您不見見他嗎？」蘿熙問。

余珊娜……現在稱她為麗夫人，麗夫人聽了搖搖頭，緩緩開口：「前幾日我有透過監視畫面看他了，他跟我記憶中一模一樣，哈……頂著那樣的帥氣外貌應該可以認識不少的女生才對，應該隨便一個女生都比當年的我好相處才對。」

蘿熙無言地看著她，思索著這句話是認真的還是玩笑的，當她正在思索的時候，麗夫人遞給她一本日記，「這是我青春時期所寫的日記，妳有空的話看一看，看完後再給李奕陽。」

「我不知道您這樣的用意為何？」蘿熙納悶接過那本日記。

「現在的他因為當時腦部缺氧受損而沒有任何記憶，以我所了解的他，他一定會開始找尋記憶，所以我要妳把這本日記給他，慢慢引導他。」她抿著唇，感嘆一聲。

蘿熙表情依舊納悶，她疑惑的說：「我還是有點不明白，您是希望他恢復記憶，還是不希望他恢復記憶？」

麗夫人沉默了一下，不禁自嘲，「很矛盾吧？我一方面希望他能夠擁有新的人生，一方面又希望他能夠恢復記憶……我真的……也不知道到底該怎麼做才是正確、才是為他好……」

蘿熙不說話，靜靜地看著她。

幾秒鐘過後，麗夫人收起自己的情緒看向她，「會給他日記看，是因為我想藉由日記建立起他的人格，讓他知道他是一位值得被喜歡的人，再來，很重要的一件事情是，一定不能讓他發現時間已經過了三十年這麼久，如果在他記憶還這麼混亂的時候發現這件事情，他一定會遭受打擊，所以必須要斷絕一切可以看到外面資訊，也暫時別讓他產生想要外出的想法，要竭盡所能的把他留在這裡。」

「好，我懂您的意思了。」蘿熙朝麗夫人頷首。

「如果……我是說如果，如果他以為妳是余珊娜，就讓他這麼認為吧！」

「但是我並不是您……」蘿熙愣了愣。

「我剛說了，竭盡所能的把他留在研究所裡，妳想怎麼做就怎麼做。」

蘿熙抿著唇，勉強點了頭。

於是麗夫人在遠方悄悄地觀察著李奕陽的生活，直到兩人正式碰面有了交集。

那時候的李奕陽正在復健，卻因為分心而不小心跌倒，遠處的麗夫人看見，忍不住往他的方向走，當她回過神的時候人已經站在他的面前。

那瞬間，麗夫人不禁有個錯覺，就好像他們倆置身於三十年前的那段時空裡面，揮灑著單純又天真的青春，那一段人生充滿著絢麗色彩，毫無任何的雜質。

她的眼眸中只有他的身影，而他的目光悄悄地停留在她身上不敢被發現，卻不知道他所有的舉止都被她看了透。

當杜善影朝她鞠躬行禮，麗夫人才從那段時光中回神，她望著李奕陽，開口關心，「你還好嗎？」

「您……認識我？」李奕陽感到疑惑。

麗夫人壓制住心中的激昂情緒，佯裝鎮定，眼眸中透露著柔和，她開口說：「我是說，你跌倒了，人還好吧？」

李奕陽朝她禮貌性的點了一下頭，「我身體無恙，謝謝您的關心。」

麗夫人垂下眼簾望著他的腳，藉此躲避他的眼神，聲音有著鼓勵，「加油，你一定可以行走的。」

這是李奕陽甦醒後她第一次見到他，明明心中已經練習過無數次，當看見他時不可以有任何的情緒表現，不能夠讓他產生猜疑，原本麗夫人很有把握的，可是在與那雙清澈眼眸對上眼的瞬間，這些假裝全然崩解。

她開始思考著，是不是兩人就此別再見面會比較好？

這樣是不是比較好？

可是，當下一次偶然又遇見他身影的時候，她又忍不住上前接近他。

這一次李奕陽不知道為什麼來到研究大樓的展示廳，雖然那時候的麗夫人正望著自己的肖像畫，可是卻豎起耳朵仔細聆聽著其他聲音，她聽到那往自己方向靠近的腳步聲，腳步聲離她越來越靠近，她的心跳聲就越來越快。

麗夫人閉上眼睛假裝自己沒聽見，要自己忽略那擾人心煩的聲音，當她正打算離開的時候，李奕陽卻喚住她，「夫人您好，可以打擾一下嗎？」

她的眼珠子緩慢移動，慢慢地對上那雙熟悉的眼眸。

聽完他的敘述後，她說：「你說你叫李奕陽？我對這名字有印象。你是蘿熙看照的病人，三個多月前醒來的。」

其實她什麼都知道，卻要裝作什麼都不知道。

「對，但我卻不知道自己為什麼會在這裡，更不知道先前發生了什麼事情讓我昏迷住院，我想要把所有的記憶都找回，可是想起來的都是些微不足道的小事，重要的事情反而想不起來。」

「重要的事情？」

「我想找個女孩，但我卻忘了對方的容貌跟最重要的名字。」

麗夫人聽了沉默，輕輕抿著唇。

李奕陽真的在找她，他已經意識到她的存在了，可是她已經不是當年的余珊娜了，她的容貌已經衰老、美貌已經消逝，此刻的她就站在他的面前，而他完全認不得她。

她到底是希望他能認出她？還是不希望呢？

麗夫人感受到心裡的掙扎。

見她沒有說話，李奕陽繼續說：「那女孩對我來說……很重要，非常的重要。」

麗夫人凝望遠方，抬起腳步往前走了一小段路，爾後她開口：「你有沒有想過一件事情？或許那些遺忘的記憶對你來說，是個痛苦想忘掉的存在。」

「怎麼會？我跟那女孩相處明明就很融洽，從來沒有覺得痛苦，重要的是——」他眼神有著堅定，說：「她是我喜歡的人，我想找到她。」

麗夫人在這瞬間眼神中閃過一絲錯愕，但她知道自己隱瞞地很好，很有自信李奕陽絕對沒有發現她的不對勁。

他說，她是他喜歡的人。

以前的余珊娜不管怎麼追著李奕陽跑，他就是不願承認自己也喜歡她。為什麼經過了這麼漫漫長久的時光，她才聽到當時那告白的回覆？

可是，此刻這回覆告白對現在的她來說已經不怎麼重要了，只要李奕陽能夠活著、能夠有新的人生，那對她來說才是最重要的。

「我想說的是——既然你遲遲想不起那女孩的長相跟名字，那就算了吧！怎麼不重新開始自己的生活呢？你未來的路還很長，不應該執著於那想不起來的過去。」於是，麗夫人這樣對他說。

蘿熙此時出現，麗夫人也感謝她的出現，出現的時間點分毫不差，完全剛剛好。

「不好意思，我的病患得回去做檢查了。」蘿熙對麗夫人說。

麗夫人點點頭，對著李奕陽繼續說：「多少人想要重新開始自己的人生，這當中又有多少人擁有這樣的機會？你應該好好把握此刻這種難得的機會，過去那些就忘了吧。」

凝視著那漸去漸遠的背影，麗夫人告訴自己也說服著自己，這樣的選擇才是對的。

接著過不久，她聽聞李奕陽已經能夠行動自如的好消息。

麗夫人沒有後悔這樣的選擇，每天早上看著鏡中自己那衰老的面容，她輕鬆看待，一想到李奕陽正慢慢走向正軌，她覺得會心一笑。

李奕陽所有的行動都被麗夫人所掌握住，當中也包含了他要逃離研究所這件事情。

那天晚上，麗夫人從監視器中看到他的行徑，推測他要逃走，於是她孤身一人前往實驗室，黑暗中她感覺到那緩慢移動的影子，於是她將全數的燈給打了開，突如其來強烈的光讓李奕陽不禁瞇起了眼睛。

「李奕陽？」她假裝訝異，心裡卻莫名覺得好笑。

「讓我離開這該死的研究所！我不知道妳為什麼要抓我來做研究，總之，我要離開這裡！我已經在這邊待了快要半年的時間了，要研究應該研究夠了吧？我是不知道妳要在我身上收集什麼樣的數據，這些都不關我的事，我現在只想離開這裡！讓我走！」

「離開這後你想去哪裡？」她好奇的問。

「我想去哪裡不關妳的事！總之，讓我離開這裡！」

麗夫人凝望著他，之前因為李奕陽記憶混亂加上行動不便，所以她不願讓他逃離，深怕他遇到危險會不知道該怎麼辦，也怕他會因此而受傷，而此刻的他身體幾乎完全恢復，動作敏捷，即便對他來說外面的世界已經變了，但她相信他能夠適應那一切。

他如果想要自由，那她就讓他飛往新的人生。

冰冷的觸感從脖子處傳來，麗夫人感覺到手術剪刀的尖銳處抵著她，她輕嘆口氣，「好，那你就離開研究所吧。」

「……真的？」李奕陽一臉錯愕，眼神卻透露著不相信，他說：「那妳親自帶我出去，我不知道研究所出口在哪裡，妳一定知道怎麼走，想辦法帶我出去。」

「好，我答應帶你出去，你把手術剪刀收起來。」

於是，麗夫人就這樣將李奕陽帶到了外面的世界。

41

時間回到現實，三人待在辦公室裡。

余珊娜的表情始終平靜淡然，蘿熙垂下眼簾，微微蹙眉，雙唇偶爾微顫，面容流露出些微的內疚，最後她輕輕嘆息，將目光轉向角落。

李奕陽則是所有的情緒都夾雜在一起，然而，這些情緒當中最為強烈的就是難受，好像有顆檸檬朝著空氣擠壓，弄得周圍的空氣全是酸的，酸透了他的鼻頭與眼眸，他緊抿著雙唇強忍著，不忍將情緒外露出來。

余珊娜犧牲了這麼多時間與精力就為了換來他的甦醒，而甦醒後的他卻沒有認出眼前的人就是他無比思念的人。

「對不起。」他說：「我真的覺得很對不起妳。」

「為什麼要跟我道歉？你應該要跟我道謝才對。」

「道謝？」

「謝謝我救你了呀！」余珊娜輕聲一笑。

李奕陽無言以對，他垂眸看向余珊娜手掌上的簡單包紮，「妳的手，還好嗎？」

余珊娜看向自己的手，語氣中卻有著笑意，「在過去，這種小傷很快就會好了，但對現在已經變成正常人的我，老實說有點不太習慣。到底什麼是正常，什麼是不正常呢？三十年來，這個問題偶爾會浮現在我的腦中，但我也只不過是那樣的人罷了……」

如果，在當時她將身上的這個祕密告訴李奕陽，他會怎麼想她呢？在她還不理解的時候，她以為自己是個怪物，但在她救了李奕陽的性命後，她以為自己是屬於他一個人的奇蹟。

「妳說的沒錯，到底什麼是正常，什麼是不正常？」李奕陽緩緩開口，「我從來沒有把你當作異類看待，就算我早就知道此事——」

她的話讓蘿熙與余珊娜紛紛愣住。

「……你早就知道這件事？」久久未出聲的蘿熙開口了，眼神有著震驚。

李奕陽輕點頭，「對，我很早就知道這件事，時間大約是在被老爺開槍的那時候……」

那時候，即使表面上對余珊娜冷淡，可是一想到她也摔車骨折受了重傷，他就忍不住想去探望她。

不知道她現在還好嗎？不知道身上那些傷口會不會讓她疼到掉淚？他明明因為她而被老爺開了兩槍，但對她的關懷與擔憂卻沒有因此減少。

在當時，兩人已經從醫院回到別墅中養傷，李奕陽悄悄拄著拐杖溜進余珊娜的房間裡想看看她，卻不見她的身影，當聽聞有腳步聲傳來的時候，他下意識不想被發現而躲進她的衣帽間中。

余珊娜的衣服都是放在衣帽間這個小小的空間裡，坪數不大，裡面卻掛滿了她的衣服與飾品，李奕陽也不知道自己為什麼會躲起來，正想推開門走出去時，卻發覺不對勁。

等等，為什麼是腳步聲？她不是受重傷嗎？那麼人應該是坐在輪椅上才對吧？

莫非此時在她房間裡的人不是余珊娜？

李奕陽輕輕推開衣帽間的門觀察，卻見到余珊娜走到床邊坐下，接著緩慢拆掉腳上的繃帶，很明顯她雙腳上的石膏已經拆除掉，見此他微微蹙眉，接著聽到女孩嘆了好大好大一口氣。

之後他是等余珊娜在床上睡著的時候才悄悄離開衣帽間的，望著在床上熟睡的她，最後他將目光放在她的書桌上，書桌上擺著的是已經被拆下後的石膏，和一些新繃帶。

他覺得有些不對勁，過幾日在被弟兄們慫恿去看她的時候，望著她手腳上那裹住的石膏，他內心覺得詭異。

這是裝的嗎？但是她人明明受了重傷，是他親眼看到車禍當下她整個人飛出去的畫面，也看到她雙腿都是血，更看到她人虛弱的躺在血泊裡。

這不可能是假裝的吧？

才經過不到一個禮拜的時間，這樣的重傷有可能好這麼快嗎？

「對不起，對不起，是我的錯……」女孩一看見李奕陽出現，她馬上就哭了。

「不要哭，聽了很煩。」他冷淡地說，但腦袋卻混亂的要命。

望著她身上的傷口，看起來真的很嚴重的樣子，若不是看到她走動，他真的會如此相信。

「我真的不知道會有這樣的結果……」余珊娜紅著眼睛。

「我當然知道妳不知道，若知道，我想妳根本就不敢這樣做。」他壓抑住心中的震驚，刻意用比平常還要冷漠的眼神看著她。

接著，老爺一身黑的出現了。

「那你應該也知道我為什麼要罰你，這應該不用我解釋了吧？」

老爺刻意將那兩顆沾了血的子彈放在他的掌中給予警告。

握著那已經冷掉的子彈，他之後隨著老爺走出房間，怯怯地開口：「您知道珊娜身上的事情嗎？」

老爺停下腳步，面無表情的轉過身看他，「你指的是什麼？」

他正在猶豫要不要說，但覺得不可能會有任何的事可以隱瞞過老爺，於是他緩緩開口：「余珊娜人明明受了重傷，應該是嚴重到無法行走的程度才對，但才經過幾天的時間卻可以走動，腳上的那個石膏應該是她臨時套上去假裝的，那是裝出來的吧？她為什麼可以好這麼快？我不禁懷疑她真的有受傷嗎？」

老爺沉默了幾秒鐘，「她真的有受傷，那些傷口不是假的。」

「但是——」

「所以，」老爺打斷他，如獵鷹般的銳利眼眸盯著他，「你知道為什麼我要重罰你了吧？會希望你竭盡所能的不讓她受傷，就是怕她這樣的現象會被其他人發現，她的血脈特殊，擁有自癒能力，這件事情絕對不能被人察覺。」

李奕陽愣住。

「就連同她本人也是，但因為這件事的發生，她應該是察覺了，我也不知道該怎麼跟她解釋。」老爺輕搖了搖頭，「我希望她能夠過上正常人的生活，所以不願讓她知道太多。」

這是第一次，李奕陽在老爺臉上看到了懊惱，這是因為身為父親的困擾，沒有想到一直以為帶著威嚴與嚴肅的老爺會有那樣的表情。

最後離開前，老爺丟下了一句，「你有自知之明，應該知道這件事情絕對不能有任何一個字透露出去。」

握著那兩顆子彈，他點頭允諾。

望著老爺離去的背影，他知道他身上背負著他難以想像的壓力。

而事件發生的那天晚上，當察覺政府方的人前來之時，慌亂之餘，老爺將李奕陽叫了過去，他表情凝重地對他說：「我自認為這幾年沒有對你很好，卻覺得這件事情只有你能夠做到，因為只有你知道這個秘密，麻煩你把余珊娜帶走，越遠越好。」他看著他，「我女兒，就交給你了。」

那是他最後一次與老爺對談，但沒有想到自己後來也受了重傷昏迷，更沒有想到余珊娜最後為他做了這麼多。

從那些記憶中回過神，望著余珊娜，「我僅知道妳的血液異於常人可以快速痊癒，但其他的資訊就不清楚了，我不知道再生血人種這個專有名詞，也不知道竟然可以拿去治癒其他疾病，更不知道竟然還可以拿來救我。」

余珊娜失神的看著他，「原來你早就知道這些……」

42

事件發生的夜裡，余珊娜曾經用氣聲問他：「李奕陽，你知道他們要的是什麼東西嗎？」

李奕陽怎麼可能不知道，即使他心裡清楚對方要的是人而不是東西，但他裝作不知道，於是搖搖頭，假裝推測的說：「老爺說東西藏在他房間的保險櫃裡，但他沒有具體的說是什麼東西。」

「那我們現在就去拿。」余珊娜說完後悄聲離開。

來到保險櫃前，余珊娜說：「爸爸曾經跟我說如果遇到危險的話就可以躲在這裡，也有說他把珍貴的東西藏在裡面，現在只要把東西給對方就可以了吧？」

其實，要交出去的『東西』就是妳啊！李奕陽將這句話憋在心中不敢說出口。

兩人待在保險櫃前，他看到余珊娜輕易的打開保險櫃，然後開始找尋裡面的東西。

「李奕陽，你覺得……政府他們要抓的人會不會是我？」余珊娜突如其來的丟出這個問題，表情有些奇怪。

對，他清楚事實就是這樣。

但他不想讓余珊娜因為這樣而責怪著自己，所以他繼續裝作不知情。

「那妳知道他們為什麼要抓妳嗎？」他假裝的問。

余珊娜搖頭，「……我不知道。」

兩人表情顯得凝重。

「我剛剛聽到他們提到『檢體』兩個字，指的是什麼？」余珊娜又丟了這個問題，「我在上週的時候定期的被醫師伯伯抽血……」

「等等，妳會定期輸血不是因為血型特殊要定期入庫存嗎？」李奕陽希望她不要多想，不是她所說的那樣，即便那是殘酷的事實，他也不希望她面對。

「爸爸是這樣跟我說沒錯，可是——」

「妳別想太多，妳爸之所以要我帶妳逃走，是為了妳的生命安全著想，畢竟妳是他心愛的女兒，每個做父親的都會希望兒女能夠平安。」

余珊娜凝望著李奕陽，「但是，我覺得爸爸之所以要你帶我逃走，是因為他們要抓的對象是我。」

聽完她所說的話，李奕陽緊抓她的手腕，「那我更應該要把妳帶走。」

「不對，如果是這樣，那我更應該去救我爸爸。」余珊娜說完後掙脫他的手。

「可是老爺他交代——」

「李奕陽你想想，如果他們要抓的人是我，那麼只要我出去，就不會有人死。但如果我遲遲不出去，就可能隨時會有人犧牲。」她看著他，眼神真摯的祈求，聲音有著哭音的說：「我不要任何人為我而死。」

他被這句話說服了。

這段親情是如此的濃烈，父親對女兒的愛與女兒對父親的愛，這是他活了這麼久都不曾自身體會過的，也因為如此，在看見余珊娜的眼淚時，他忘記了老爺對他的交代，就這樣聽信女孩的計畫，假裝自己是血液供應者而站了出去。

沒有想到接下來的發展卻是以悲劇收場。

不過，就是因為他在三十多年前就已經知道關於余珊娜的秘密，所以在前陣子記憶還沒有完全恢復下被抽血時，他才覺得似乎有什麼重要的事情遺忘了，當他記憶恢復後，蘿熙再次在他面前提到再生血人種的時候，他深知絕對不可能會是他，可是卻無法解釋為什麼經過了三十年的時間，他的外表卻沒有變化這件離奇的事情。

余珊娜似乎想起那些死去的家人，神情哀傷，李奕陽凝視著她，跟著難過。

「現在，如果知道血液可以全數轉移到他人身上，我覺得上層的人一定不肯放過你們。」蘿熙說：「這句話我已經說過了，這很重要。」

余珊娜凝視著她，開口說：「所以我一開始才讓你們——」

「請您不要再講什麼我跟他一起離開的這種鬼話了，我不想聽這個，而且我也不會照做。」蘿熙直接翻了白眼。

余珊娜見狀卻笑起，「妳翻白眼的技巧跟我年輕的時候有得比，難怪李奕陽會把妳當成是我。」說完還特地看了李奕陽一眼。

這句話讓李奕陽無言以對，整個不知道要說什麼。

她偶爾會有的俏皮，似乎沒有因為經過了三十年的時間而消失啊。

43

不知道又過了多少日子，蘿熙一個人開著車前往山區的靈骨塔，看著塔位上的照片，她將買來的花獻上，雙手合併神情憂傷的哀悼。

在三個月前，天還未亮的時候，麗夫人不知道什麼原因而選擇引火自焚，不僅燒了自己，同時還燒了所有的研究數據跟成果，研究大樓的高層冒出濃濃黑煙，即便有先進的救火系統，但因為火勢旺盛系統無法啟動，再加上研究所位在山區深處，消防車趕來的時候火勢蔓延的範圍過大，經過一整天火勢才被控制住。

最後消防員在高樓房間內發現一名女性遺體，遺體全身焦黑，肉眼已認不出是誰，但經由DNA採證，證實了這名死者的身分就是麗夫人本人。

她的驟逝引來學術界許多人的弔唁，媒體也爭先恐後的播報麗夫人生前對於研究的重大貢獻，然而這些日子只維持一星期的時間，一星期後，關於麗夫人的新聞被其他新聞覆蓋住了，最後隨著日子一天一天的流逝，這些新聞漸漸消逝，接著再也看不到了。

在蘿熙離開靈骨塔的時候，有個聲音突然呼喊她，「蘿熙。」

蘿熙一聽到這熟悉聲音，表情無奈地說：「您現在在外界是個已經死亡的人，可以這樣隨意出現嗎？怎麼不等我通知再出現？」

余珊娜笑了笑，「我是在學術界上出名，除了學術界，其餘的人根本就不認識我，只會以為我是一位老阿姨。如果我現在拿起掃帚開始打掃，他們應該會以為我是做清潔的，根本不會多看我一眼。」

蘿熙無言地看著她，從包包中拿出了一小包藥物，「這是您要的抗生素，記得別空腹使用，三餐飯後吃。」

「謝謝，認識妳真好。」余珊娜道謝收下。

「李奕陽的狀況有比較好了嗎？」

「嗯，狀況比上次好太多了。」余珊娜垂下眼簾，「他也真是的，硬是要讓自己變老，維持年輕不好嗎？這樣可以認識新的女生、可以約約會呀！可以好好享受那些他沒享受到的青春啊！如果我是他，我會想嘗試看看欸。」

那時候李奕陽提出要讓自己變老的這件事情讓余珊娜跟蘿熙傻了眼，換血是大工程，而且風險也高，切身體驗過的余珊娜實在不想讓他嘗試，因為換完血後人會非常虛弱，時不時的還會高燒、昏迷跟嘔吐，但李奕陽非常固執，即便兩人不斷說服著他，他依舊堅持要換血。

甚至望著她的眼睛，對她說：「唯有如此，妳才不會再把我推開。」

他深怕她再度把他推開，因此寧願捨去那張年輕帥氣的皮囊，選擇讓自己的外貌變老，這樣兩人便是相同的了。

回過神來，余珊娜淺笑了一下。

「您就別開這種玩笑了，當時您維持年輕的時候，那三十年的時間我也沒看過您跟哪位帥哥約會啊！」蘿熙直接吐槽。

余珊娜微愣，接著笑出聲，「那時候的我，心裡就只想趕緊讓他甦醒而投入研究，根本就沒有別的心思。」

最後李奕陽換血成功是成功了，但外表衰老後，免疫力跟著降低，時不時的就那裡痛這裡痛的，可是他卻口口聲聲的說自己並不後悔這樣的選擇。

「我有時候會想，如果我只是個普通人，我跟他之間或許就不會這麼辛苦了。」余珊娜感嘆。

「不，如果您是普通人，您跟他並不會相遇，就是因為這樣的遇見，你們才會如此珍惜彼此。」蘿熙說：「時間差不多了，平常的時候盡量別聯絡我，有什麼重大事情再連絡我吧。」

余珊娜笑著與她道別。

冬天來臨，各處紛紛開始下雪。

雖然李奕陽與余珊娜所居住的地方並沒有下雪，但為了欣賞雪景，兩人特地到了有下雪的地方。

白雪緩緩降下，將眼前的世界都浸染成了純淨白色。

余珊娜欣賞著眼前的景色，最後緩緩閉上眼睛，似乎正在聆聽著雪落下的聲音，同時也在享受這一片寧靜。

她的世界，好久好久沒有這麼寧靜了，過往那些事情帶給她無比的紛亂，就算是在寂靜的夜晚中，她還是時不時地會醒來。

突然，她感覺到自己的手被牽起，她知道是身邊的李奕陽牽起了她的手，而她選擇繼續閉眼。

然而讓她意外的是，接下來耳邊響起一句輕聲的告白話語。

余珊娜轉身看向李奕陽，表情訝異，而後者雙眼凝視著前方景色，耳朵微紅。

那是一句當時被遺落在雪中的告白，這一次清清楚楚的傳入她的耳朵。
余珊娜緊緊回握著他的手，感動萬分，此刻的她覺得好幸福。
蘿熙說的沒有錯，就是因為這樣的遇見，兩人才會如此珍惜彼此。
剩下的餘生，就好好的與幸福相伴吧。

——完

國家圖書館出版品預行編目(CIP)資料

遺落在雪中的告白/倪小恩著. -- 初版. -- 臺北市：
臺灣東販股份有限公司, 2024.06
272面；14.7 X 21公分
ISBN 978-626-379-423-8(平裝)

863.57 113006448

遺落在雪中的告白

2024年6月30日初版第一刷發行

作　　者　倪小恩
企劃製作　盈愉有限公司
編　　輯　陳偯羽
特約美編　鄭佳容
發 行 人　若森稔雄
發 行 所　台灣東販股份有限公司
＜地址＞台北市松山區南京東路四段130號2樓-1
＜電話＞(02)2577-8878
＜傳真＞(02)2577-8896
＜網址＞http://www.tohan.com.tw
郵撥帳號　1405049-4
法律顧問　蕭雄淋律師
總 經 銷　聯合發行股份有限公司
＜電話＞(02)2917-8022